JN307067

夜の足音

短篇時代小説選

松本清張

角川文庫
15623

目次

夜の足音　五
噂始末　四五
三人の留守居役　七三
破談変異　一一三
廃物　一五九
背伸び　一八五
解説　郷原宏　二二四

夜の足音

一

浅草田原町《たわら》の粂吉《くめきち》が、今戸の裏店《うらだな》に竜助《りゅうすけ》を探しに行ったのは、正月の半分が過ぎ、今日は増上寺《ぞうじょうじ》の山門開きがあるという日であった。路には寒い風が舞い立っていた。

この辺に多い焼物屋の間から、どぶ板を踏んで奥に入ると、粂吉は長屋の暗い戸口に立った。覗《のぞ》くと土間に蓆《むしろ》を敷いた老爺《おやじ》が桶《おけ》を叩《たた》いていた。

「ご免な。竜助は家に居るかえ?」

粂吉に声をかけられて、老爺は槌《つち》を持ったまま彼を見上げた。

「おめえさんは誰だね?」

「うむ。やっぱりこの家か。およその見当をつけて来たが狂わねえものだな。おれは田原町の粂吉といってお上の御用を聞いている者だ。竜助におれがちょっと面《つら》を見に来たといってくれ」

老爺は鉢巻きをとって、蓆から起《た》ち上った。

「こりゃ親分さんですか。竜助は今朝どこからか帰《けえ》って来てまだ寝ているところですが、あいつが何か悪いことをしましたか？」

「ゆうべ夜っぴて塒《ねぐら》に帰らねえところを見ると、あんまり賞《ほ》めたことをしちゃいめえ」

条吉は云った。

「竜助は瓦葺《かわらぶき》の下手伝いに行ってるそうだが、やっぱり怠けてるか？」

「どうも長続きがしねえようです」

老爺は、桶の削り屑《くず》を手拭《てぬぐ》いで払いながら答えた。

「なにせ、無宿人てな、当節、嫌われ者でさ。代りがあると、すぐに仕事先から断られるんでね。当人も自暴《やけ》半分ですよ。気のいい男ですがね。若えし、いい身体をしていて、働き口が無えてなあ可哀想な話です」

「気のいいは当にならねえが、身体のいいことは、おれもちょくちょく見廻《みまわ》りの時に眼について知っている。野郎はいくつだったかな？」

「午《うま》だとか云っていました」

「うむ、午なら二十二だ。そうか、午か」

条吉は、肉の厚い鼻に妙な笑いをのせた。

「悪いことじゃねえ。寝てるところを起しても、膨れ面をされるような気遣いのねえ話をもって来たのだ。ちょいと此処《ここ》へ呼んでくれ」

「ようがす」

老爺は草履をつっかけて裏に行った。竜助はその裏小屋に寝起きしているに違いなかった。

粂吉が木屑を拾って挘《むし》っていると、間もなく老爺の後から、竜助が汚い袷《あわせ》の胸を掻《か》き合わせながら出てきた。彼は、粂吉の顔を見るとお辞儀をした。広い肩と厚い胸をしていて、着物の前が合わないくらいに見えた。

「竜助か。おめえ、おれの顔を知っているかえ？」

粂吉が、薄い笑い顔でいうと、竜助は黙って頭を下げた。何の用事で、この御用聞きが訪ねて来たのか、見当のつかない表情をしていた。

「そうか。ふだん見かけているから、あんまり付き合いたくねえ顔だろうが、我慢して今日はちょっとばかりおれと歩いてくれ。なに、十手は懐に呑《の》んでいるが、おめえを縛ろうと云うのじゃねえ。いい話だ。安心してついて来てくれ」

「へえ」

竜助は、まだ不安な顔を消していなかった。彼は粂吉の羽織のあとから臆病《おくびょう》そうに蹤《つ》いて行った。桶屋の老爺が戸口からそれを見送った。

店先に、茶碗《ちゃわん》や壺《つぼ》や人形などの焼物がならんでいる家並が切れたころ、粂吉が竜助を振り返った。

「今日は寒いな。どうだ、おめえ、酒でも吞まねえか。身体が暖《あっ》たまるぜ」

「へえ。そりゃア……」

竜助は、とまどった眼を挙げた。

「何も心配《しんぺえ》することはねえ。気持よく受けてくれ。そのうち話を聞けば分らあな」

粂吉はなだめるように云った。

「ところで、この辺はあんまりうめえ酒を吞ませる店が無《ね》え。それにこの話は他人の多勢居るところじゃ出来ねえからな。足の序《つい》でだ。おれの家はそこだから、もう少し歩いてくれ」

否応《いやおう》を云わせないものが粂吉の歩き方にあった。竜助は、半分は威《おど》かされ、半分は賺《すか》されたような気持で粂吉のあとにつづいた。冷たい風が足から股《また》にかけて吹き、空には凧《たこ》が舞っていた。

粂吉の足は田原町に真直ぐに向わずに、西に折れて馬通の方へ曲った。この辺は小さい寺が多い。その寺と寺との狭い露地のような奥に押し込んだように一かたまりの町家があり、その一軒の格子戸を粂吉は開けた。

「遠慮なく入《へえ》ってくれ。ここはおれの家も同然だ」

粂吉は、竜助をふり返って云った。

おずおず入った竜助にも、この家の性質がおぼろに分った。狭いが、何となく玄人めいて、小唄《こうた》の師匠でも住んで居そうな構えであった。それはすぐに奥から粂吉の声をきいて出て来た女の姿で呑み込めた。

「おう。お客だぜ」

「あいよ」

顔の長い女だが、真白に塗って髪は櫛巻《くしま》きにしていた。細い頸《くび》が抜き衿《えり》でいよいよ細く見え、粋《いき》に巻いた帯が胴を括《くく》ってかたちのいい、すらりとした立ち姿だった。女は馴《な》れた手つきで粂吉の頭の上に石火を切った。

「どうぞ」

と女は歯黒の口を開けて、竜助を促した。竜助は自分のきたない袷に気が怯《ひ》けた。

二階の座敷には炬燵《こたつ》がある。紅《あか》い掛蒲団の向うに粂吉はあぐらを搔いて坐《すわ》り、竜助にも坐れと云った。

女が粂吉の羽織を脱がせ、長半纏《ながばんてん》を後から着せかけた。

「今日は外は冷えたぜ」

条吉は、いかにものびやかな顔で、鼻の孔《あな》をひろげて云った。

「そりゃお前さん。もう閻魔様《えんまさま》だもの。去年は霰《あられ》が降ったわな」

「違《ちげ》えねえ。もう、そうなるか。寒さもここらが峠だな。ところで、お新。冷え腹で、疝気《せんき》でも起しちゃ詰らねえ。早えとこ一本煖《あった》めて来てくれ」

「あいよ」

女はちらちらする水色の下から白い足首を覗かせて階下へ降りて行った。竜助は何となく唾《つば》を嚥《の》んだ。

「親分さん」

「何だね？」

「いまのは、おめえさんのおかみさんですかえ？」

「野暮なことを訊《き》くぜ。おめえも血の巡りが悪いな」

条吉は笑った。

「やっぱりそうですかね。佳《い》い姐さんをもって親分は仕合わせですね」

「お世辞を云うぜ」

「いいえ、本当です。あっしなんざ、一生に一度でいいから、こんな結構な目に遇《あ》いてえと思います」

「竜助」

と粂吉の声が少し変った。

「おめえ、本当にそう思うかえ？」

「へえ。そりゃ、もう……」

「うむ。そんなら話が切り出しいいや。なあに、あんな醜面《すべた》は女のうちにゃ入らねえ。おめえには、もっと佳い女が恋いこがれて待っているのだ。実は、おめえを呼んだのは他でもねえ、おれがその取り持ちを頼まれてね」

「え？」

「まあ、こっちへ寄れ。こんないい話は、酒を白湯《さゆ》代りにして咽喉《のど》を湿《しめ》しながらチョボ語りと洒落《しゃれ》なくちゃならねえ。そら、来たぜ」

階下から妾《めかけ》が上ってくる足音が聴えた。

二

「お店《たな》の名前を明かすわけにゃゆかねえが――」

と田原町の粂吉が、細面《ほそおもて》の妾に酌をさせながら、含み笑いをしながら竜助に語り出した話はこうである。

店の名前は云えないが、とにかく日本橋辺で名前の通った大店《おおだな》である。粂吉は以前、この店に起きた或《あ》る事件に係《かかわり》があって以来、何となく出入りをしている。主人というのは四十過ぎ、それに二十五になる娘がある。娘といっても他家に一旦《いったん》縁づいたが仔《し》細《さい》あって不縁になった。つまり出戻りである。器量は申し分ない。それが、いまさる所に在る店の寮に居る。それが何処かも打ち明けることが出来ない。

話というのは、その出戻り娘に絡まることだ。この女は不縁になったとはいえ、ほかの事情によることで、亭主に愛想を尽かされたのでもなく、尽かしたのでもない。夫婦別れのとき、亭主は時期が来たらきっとお前を迎えに行くと云った。女は、それまでおまえさんに会わないでいるのは待ち切れないと云った。亭主は、それでは、おれが家の者に内緒で、こっそり忍んで行こうと云った。どちらも好き合っている仲である。こういう約束が密《ひそ》かに取り交されて、女は泣く泣く実家に還《かえ》った。

女は、その約束を唯一の愉《たの》しみにして、夫が会いに来るのを待ったが、二十日経っても三十日経っても現われない。はじめは容易に出にくい事情もあろうかと思ったが、四十日も経つと焦《じ》れてきた。些《さ》細《さい》なことに神経を昂《たか》ぶらせて、縫物の物差を投げたり、鋏《はさみ》を抛《ほう》ったりする。それが、日がたつにつれて、昂《こう》じてきて、鏡台を庭石に叩《たた》きつけたり、三味線の棹《さお》を折ったりするようになった。眦《まなじり》を吊《つ》り上げ、身体を震わせて蒼《あお》い顔で泣く。主人はどうにも店の者に体裁が悪いので、静かな所で養生させたら気分もおさまるだろうと、旧《ふる》くからいる女中をつけて寮に移した。そのとき、主人は別れた亭主が寮に会いに行く筈《はず》だからと慰めるのを忘れなかった。女は嘻々《きき》として出養生に赴いた。

主人は男の方を探ってみると、これはどうやら他に好きな女が出来たらしいと分った。別れた女房に遇いに来ないのも道理である。主人はわが娘に告げる訳にもいかないので困り果てた。

一方、女の方は寮に暮しながら亭主を待ったが、相変らず何日経ってもやって来ない。そこで再び、店に居た時と同じ兆《しるし》が起った。親の慰めた言葉で一旦期待をもって来ただけに、今度はひどかった。自分の着た着物は裂く、鋏は投げつけるで危くてよりつけない。ここまで来ると狂気の一歩前というほかは無かった。事実顔を蒼凄《あおず》ませて、誰も居ないのに笑ったりする日があった。

主人は心痛した。それほど亭主を恋うなら、先方に会って事情を言い、頼めばよいが、不縁の事情と、ほかの女に心変りした忌々しさからそれも出来かねて、ひとりで悩んでいる。このまま放置しておくと、娘は本ものの気違いになるか、身を投げるかする結果になり兼ねない。思案に余って、主人は粂吉に相談を密かにした。ところが、盗賊を僉議《せんぎ》するのと違って粂吉にもいい智恵が出なかった。

だが、粂吉も大事な得意であるから、この難儀を前にして、知らぬ顔は出来なかった。彼は盆暮れのつけ届けはもとより、日ごろから何かと心づけを貰《もら》っている。その手前、苦心して考え抜いた揚句、遂に一つの着想を得た。

彼はこれを主人に開陳した。主人はさすがに顔を顰《しか》めたが、下をうつむいて苦い顔でようやく承知した。娘の恥だから、その実行はくれぐれも秘密のうちに運んでくれと云って、溜息《ためいき》を肩で吐いた。——

「と、ここまで語りゃ、その先の筋道はおめえにも大てい察しがつくだろう？」

粂吉は、もう赭《あか》くなった顔で云った。

「どうだ、いい話だろ。おれはその婿の白羽の矢をおめえに立てたのだぜ」

竜助も酒を呑《の》まされていたが、酔いが少しも出ないで、胸が慄《ふる》えていた。

「そ、そりゃア親分さん。どういう訳でござんすか。あっしがその亭主に似ているとでも云いなさるのですかえ？」

「おれはその亭主野郎を見たこともねえから、どんな面か知っちゃいねえ」

「それじゃア……」

「莫迦《ばか》野郎。おめえは本気に入り婿する気か。置きやがれ。おめえの婿は夜だけのことよ、夜明け前《めえ》には、帰るのだ」

「…………」

「その出戻り娘の気違え沙汰《ざた》の因は、医者に診せねえでも分っている。二十五といや、女ざかりだ。それに男の味もあっさり知っている。五十日も百日もひとりで寝かされてみねえ。身体の血が騒いで頭にも上ろうというもんだ。なあ、お新。おめえなら疳《かん》の虫で眼が潰《つぶ》れるところだ」

「いやだね」

妾は横眼で睨《にら》んだ。

「なあ、竜助。つぶれねえまでも、その女の眼が逆上《のぼ》せていることは確かだ。それでなくとも暗え屏風《びょうぶ》の囲いの中に忍んでみろ。顔の見さかいなんざつかねえ。おめえに必死で取り縋《すが》ることは請け合いだ」

「ですが、親分」

竜助の声は啖《たん》にからんだ。

「声というものもあらあな。話をしても、合う道理が無《ね》えから、とんちんかんな返辞《こたえ》で暴《ば》れそうなものですね？」

「なに、少々なことは相手の気が尋常じゃねえから分らねえ。おめえはいい加減な受け返辞をしていればいいのだ。相手は男恋しさで一ぺえだからの。それも、いつまでもというのじゃねえぜ。女の逆上《のぼせ》が下ったら、おめえも引き退《さが》るのだ」

「それじゃ二、三日ですかえ？」

「がっかりした面をするな。二、三日か二十日かはおめえの療治の腕次第だ」

条吉は鼻に脂をうかせて笑った。

「それに旧い女中には万事を含めてある。おめえは亭主を極《き》め込んで行けばいいのだ。どうだ、うめえ話だろう。おれが、ちっとばかり若かったらおめえに持ち込まねえ話だ」

妾が条吉の膝《ひざ》を抓《つね》って笑った。

「ですが、親分、どうして、あっしにだけその話を……」

「うむ。おれは見廻《みまわ》りの時に、ちょくちょくおめえの顔を見ていた。おめえが何となく好きなんだ。数ある人間の中で、おめえを択《えら》んだのは、そういう訳よ。それに、竜助。これはお店《たな》から礼金も出ることだ」

「え」

「どうだ。おめえがこの寒空に洟水啜《はなみずすす》って瓦《かわら》を屋根に運んでいるよりも、よっぽど冥《みょう》利《り》に尽きるぜ。その手間仕事も、近頃はあんまり無えそうじゃねえか？」

「へえ」

「佳い女だぜ。おめえが柳原堤を百遍往き戻りしても、お目にかかれる玉じゃねえ。それに男に離れているから情が厚いや。別嬪《べっぴん》からは抱きつかれる。礼金はたんと貰える。やい、竜助。これほどの仕事口を教えてやったのだ。五節句にはいくら包んで持って来る？」

三

竜助は駕籠《かご》の中で揺られていた。夜のことだし、たとえ外を覗《のぞ》いてみても真暗で見当がつかないのに、手拭《てぬぐ》いで眼隠しされていた。

新鳥越町《しんとりごえ》の海禅寺横の空地まで来れば、駕籠が待っている筈《はず》だと田原町の粂吉は云ったが、実際、その通りだった。暗いところに駕籠屋の提灯《ちょうちん》が宙に止まっていた。

竜助が近づくと、しゃがんでいた人影が立ち上って、

「おめえは竜助さんかえ？」

と訊《き》いた。竜助が、そうだ、と返辞すると、手拭いで眼隠しされ、駕籠の中に入れられた。これは約束だから仕方がなかった。

竜助に不安はあった。初めは、これは田原町の粂吉が甘《うま》いことを云って自分を罠《わな》にかけているのではないか、ということだった。しかし、自分は粂吉から憎まれている何ものも無いことに気づいた。もとより金も無いし、何かの理由で人質に取られる値打ちもなし、他人から危害を加えられるような心当りも無かった。食うや食わずのどん底の生活だ。裸より強いことはなかった。

この心配が消えると、次は、上手にその女の亭主に化け切れるかどうかという不安だった。だが、粂吉の激励によると成功は期待出来そうである。先方の女中も心得ていることだ。それに万一の時は、粂吉が引きうけると云ってくれた。竜助は、これも気遣いはないと胸に納得させた。

だが、やはり動悸《どうき》は搏《う》った。二つの心配は消えても、これから先の展開の未知が彼の身体を小慄《こぶる》いさせた。どんな女で、どのようにして彼に来るか。夜鷹《よたか》や蹴《け》ころを買いに行く時と違って、想像のつかない世界にとび込んでゆく不安であった。相手は及びもつかぬ家柄の新造で、竜助のこれまでの経験になかった素人女だ。その上、粂吉の話では、男の身体を求めて燃え立っているらしい。気違いになりかかっているというから、その凄《すさ》まじさが知れた。

が、掌《てのひら》に固く握った銭と引換えに、感動の無い顔つきをして、義務的に身体を任せている売女《ばいた》には無いものだ。竜助はそれを想うと咽喉《のど》が干乾《ひから》びそうな興奮を覚えた。いわば、不安と思っているのは、苦しいくらいの胸の騒ぎであった。

その竜助を乗せて駕籠は走っている。隙間から寒い風が吹き込んでくる。駕籠は突き当ったかと思うと、右に曲り、左に外《そ》れた。方角が分らないが、西の方であることは確かのようである。通る人の声がさっぱり聞えない。寺や屋敷が多いのであろう。竜助は、ひそかに金杉《かなすぎ》の方面と踏んだ。

いろいろと曲りくねって行くところをみると、よほど入りくんだ道のように思われた。しばらくすると、通行人の足音が聞えるようになり、女や男の声もする。百万遍の珠数《じゅず》を繰《く》る念仏の唱え声が遠くでしたが、駕籠はそれを行き過ぎた。町家の通りから、また寂しい場所に入ったらしい。今度は猫の声もしない。

駕籠の脇には、絶えず草履の音が従っていた。これが、竜助さんか、と呼びとめた男であり、案内人であるようだった。この男は始終、黙っている。駕籠かきも時々、懸声をかけるくらいである。ぴたぴたと小忙《こぜわ》しい草履の音だけが、森閑とした道に高かった。

右の方に法華の太鼓が聞えた。それから、駕籠の行先は左に曲った。もう太鼓は遠ざかって聞えない。その代り、遠くで梟《ふくろう》が鳴いた。竜助は、条吉から借りて着た紬《つむぎ》の袷《あわせ》の衿《えり》を思わず合わせた。寒いだけではなく、胴慄いがきたのは、もうすぐ目的地が近いことを予感したからである。

それが当ったように、駕籠が停まって、地に下りた。

「もう、いいぜ、竜助さん」

横について来た男が、はじめてものを云った。目隠しをとってもいいということなのだ。竜助は手拭いを眼から除《と》った。

真暗で何も見えなかった。明るいのは空に貼りついた星だけであった。それを劃《かぎ》って、いやに黒いものが山のように塞《ふさ》いでいた。眼が馴《な》れてくると、これは木の展《ひろが》りと知れた。川が近くにあるらしく、水の音が聞えた。

「これを真直ぐに行きな。竜助さん」

男が、傍に来て低い声で教えた。

「五、六間も歩いたら、木戸がある。そこでおめえを待っている人がある筈だ。それから先の案内は、向うに任せるのだ。明日の朝は七ツ半に、またおれが此処《ここ》に来て、おめえを迎えている。じゃ、いいな」

男は竜助の背中を突いた。それに押し出されたように彼は前に足を運んだ。

男の云う通り、垣根があって、小さな門があった。竜助が、その木戸を敲《たた》くまでもなく、ひとりの女が提灯を持って立っていた。その灯に誘われたように竜助は近づいた。

「旦那《だんな》さまですか？　きみでございます」

と女は云った。声音《こわね》からみると年増《としま》の女のようだった。竜助は、これが、手引きの旧《ふる》い女中であろうと判断して、うなずいた。無論、声に出して返辞はしなかった。

女は提灯を持って先に歩いた。竜助は慄えそうな足であとに従った。提灯の下だけが明るく動いて、枯れた草を照らした。草は一部分を見ただけでも手入れの行き届いていることが分った。云うまでもなく、これは庭の内部で、星空を区切ったこんもりした木立は、みな庭の配置であった。竜助は、思いもよらぬ寮の広大さに仰天した。どこかから泊夫藍《サフラン》の匂いが漂ってきた。

黒い屋根が空の下に沈んでいた。灯《あか》りはどこからも洩《も》れていない。提灯の明りと、女の庭石を踏む下駄の音が竜助を誘導した。それは或《あ》る所で停まった。柴折戸《しおりど》が開く音がした。夜目にも闇から梅の白さが滲《にじ》んでいた。寒気は相変らずあたりに降りていた。

提灯はそこで消え、代りに戸が軽く敲かれた。それから女は踏石から縁に上り、声もかけずに雨戸を少し開いた。雨戸の内側には戸閉まりがしてなかった。

「どうぞ。この内でございます」

女中は云った。嗄《しゃが》れた声で顔は見えない。それから庭に下り、下駄の音がひっそりと遠ざかった。主人に忠実な女らしい。

竜助は、動悸が早鐘のように搏った。開いた戸の間には障子に映った灯の明るさがあった。薄い明りだが、外の闇を通って来た眼には、眩《まぶ》しいくらいであった。竜助は気を鎮めようと胸を抑えた。苦しい息を吐いた。

此処まで来たのだ。退引《のっぴき》ならぬ立場だった。逃げ出すことは出来なかった。障子の明りは、彼の空想を三秒とはたたぬうちに実現してくれる魅惑と圧迫をもっていた。

竜助の足は冷たい廊下を踏んだが、足に灼《や》けそうな感覚があった。足が浮いて滑りそうで危かった。

障子に手をかけた。指の先まで動悸が脈《みゃく》打った。障子を開くのに、これほど重いと思ったことは今までになかった。

屏風《びょうぶ》があり、その内側の端から、紅《あか》や黄の蒲団の色彩が眼にとび込んだ。屏風には、帯や、赤い着物がだらりと掛けてある。着物は行燈《あんどん》にも被《かぶ》せてあった。着物の外れた部分から明るい光が遁《に》げて、襖《ふすま》の下方の扇面散らしを浮き出させていた。

女は、蒲団の中に埋っていた。着物に遮られた行燈の光は弱く、ほの白さだけが顔の輪郭をぼんやり出していた。竜助は、この分なら、自分の顔もはっきりと見えないだろうと安心した。それは嵐のような彼の感情の中の、たった一つの分別であった。

竜助が眼を失って迷っていると、

「あんた――」

と女が下から呼んだ。竜助は雷に撃たれたように戦慄《せんりつ》して息を呑《の》んだ。立っているのに膝《ひざ》の節が力を失って瘧《おこり》にかかったようになった。

「あんた、よく来ておくれだったね」

女は白い腕を伸ばして、竜助の着物の裾《すそ》を引いた。それから彼の足に手を捲《ま》いた。

四

竜助は女中に送られて外に出た。まだ夜は明け切っていない。星はやはり宵のように輝いている。上気した顔に当る空気は心地よく冷たかった。女中は提灯《ちょうちん》を胸のところで抱き、袖《そで》で囲うようにして、

「旦那さま。お気をつけて」

と云って木戸を閉じた。

竜助はぼんやりして歩いた。本当の寒さが急に身に滲《し》みてきた。彼は白い息を吐い

た。

「竜助さんか」

暗いところで声がした。昨夜の男で、云った通り駕籠《かご》が据っていた。小さな赤い火がみえるのは駕籠かきが、しゃがんで煙管《きせる》をくわえているのだった。

「ご苦労だったな」

と男は犒《ねぎら》った。笑っているかどうかは暗くて分らなかった。合図したらしく、駕籠屋が煙管を石で叩《たた》いて立ち上った。

「約束だぜ」

男は竜助の袖に捻《ひね》った紙を入れると、重味が袂《たもと》に落ちた。それから手拭《てぬぐ》いで眼隠しした。これも約束だった。

駕籠に揺られながら、竜助は、今、離れて来たばかりの世界を想い、夢のようだった。こうして駕籠に乗っている自分が嘘みたいである。それとも、あの行燈を枕元に置いた紅い蒲団の中の自分の方が嘘なのか、どっちが本体か判らなかった。

耳もとには、まだ、

「あんた」

と呼ぶ女の声が残っていた。声も幻聴のようなら、淡い光に泛《う》いた光景もただ幻覚だった。触覚はまだ膚《はだ》のところどころに斑点《しみ》のように遺《のこ》っているから、あれは現実だったということを証拠立てた。

女の身体は、たしかに狂っていた。あんた、あんた、と熱い息で叫びながら、竜助を捲き込んだ。言葉はそれ以外に出ないほど、抑えに抑えた感情が噴き出たのだ。竜助はこんな目に遇《あ》うのは初めてだった。彼は潮に揉《も》まれた。それまでもっていた臆病《おくびょう》が去り、その逆巻く潮に自分から溺《おぼ》れ込んだ。目も口も開けられなかった。彼は流されては泳ぎ、泳いでは流された。女は厚い脂肪をもっていたが、竜助の若さがひとりで暴れた。疲労がくると、女は貪欲《どんよく》に喚《わめ》いて攻めてきた。男から離れた女の飢渇がこれほどの凄《すご》さとは思わなかった。竜助が今まで経験したどんな女にも無かった奔騰が彼を圧倒した。大きな店《たな》の奥深いところで躾《しつけ》よく育った女だというのに、行儀も羞恥《しゅうち》もかなぐり捨てて野放図だった。顔はほのかにしか分らなかった。光の工夫が目鼻立ちをぼんやり浮かせただけだったが、きれいなことは確かだった。昼間見たら、つつしみ深く澄まして冷たい美しさを匂わせているに違いないのだ。その想像が、余計に竜助の血を沸《たぎ》らせて女を苛《いじ》めた。——

駕籠が急に下りた。竜助は背中を叩かれたように自分に還《かえ》った。

「着いたぜ」

男が少し横柄に云った。

「明日の晩、また此処《ここ》に来るんだぜ。いいな、竜助さん。時を間違えねえようにな。それまで、ゆっくり睡《ねむ》って、くたびれを癒《なお》してくれ」

そのあと、男は初めて笑いを鼻の先に立てた。

ひとりになって竜助はあたりを見廻《みまわ》した。夜が白んで、寺の屋根の上に蒼白《あおじろ》い靄《もや》が佪《は》っていた。海禅寺《かいぜんじ》の銀杏《いちょう》の木も、なまこ塀も次第にはっきりして来た。人の通りがちらほらとある。納豆売りと、河岸へ買い出しの魚屋が、竜助の姿を振り返って通った。

竜助が歩き出した時、浅草寺《せんそうじ》の明け六つの鐘が鳴り出した。

竜助は紬《つむぎ》の袂を探った。捻った紙を開けると二分銀が出て来た。彼は紙を捨て、銀の重味を掌の上に乗せた。三十日働いても貰《もら》えぬ金であった。

今戸の裏のどぶ板を踏んで帰ると、桶屋《おけや》の老爺《おやじ》が手に息を吹きかけながら仕事の支度をしていた。竜助を見上げて、愕《おどろ》いた眼をした。

「おめえ、夜っぴてわるさをしていたのかえ？」

老爺はさいころを振る真似をした。

「うむ、まあ、そんなところだ」

竜助は横を向いて応《こた》えた。

「顔色が悪いぜ、夜通しの勝負ごとは身体に毒だ。田原町の親分が来たのは何の用事だな？」

「なに、詰まらねえ手伝いを頼まれたのだ。わざわざおれを呼び出すこともねえ話だった。ところで、老爺《じい》さん。間代も溜《たま》って苦になっていたところだ。これを取っておいてくんな。剰《あま》ったら、今日はうめえものを店屋《てんや》からとって食わせてくれ。おめえの分もだぜ」

二分銀を出すと、老爺は眼を剝《む》いた。彼は改めて竜助の着た紬を見詰めた。

「こりゃ、どうしたのだ？」

「昨夜の勝負が気持の悪いくれえついてよ。この着物も代償《かた》にとった品だ。何も不思議はねえ」

竜助は歩き出して云った。

「睡いや。うめえ物は宵にとってくれ。それまで寝かせてくれ」

納屋のような部屋に帰ると、破れ蒲団を敷いて横になった。身体の骨が抜けたようで、欲も得も無かった。夢も見ずに泥のように睡りこけた。

眼が覚めた時は、部屋の内は薄暗かった。

「呆《あき》れたもんだ」

と揺り起した老爺は云った。

「もう、そろそろ暮れる頃だぜ。店屋からとったものはここにおいて置く。一尺の鰻《うなぎ》がたっぷり丸ごとだ。口が腫《は》れるようだが、おらあ遠慮なく先に馳走《ちそう》になった。おめえのお蔭《かげ》で生命《いのち》が五年延びたぜ」

竜助は、その鰻と飯を食ってまた眠った。——

あくる日になると、竜助は元気が戻った。失われた力が身の内に充実した。その日の暮れが来るのを彼は待ち兼ねて、早くから身体をもてあました。陽の高いのが恨めしいくらいだった。

桶屋を出るとき、老爺は今晩も夜通しか、と訊《き》いた。

竜助は、そうだと返辞し、嚔《くさめ》を背中に聞いて外に歩きだした。

暗い中を、寒い風に逆らって、海禅寺横の空地に急ぐと、駕籠はもう来て待っていた。

「早かったな、竜助さん」

闇の間から、聞き憶《おぼ》えの声が聴えた。

「おくれて済まねえ」

竜助は愛想を云った。

「なあに、一足の違えだ。だが、おめえの送り迎えも辛《つれ》え役だぞ。おめえが絹蒲団の中で汗を掻《か》いている時分、こっちとらは水ッ洟《ぱな》すすりながら、すごすごと凍《い》てた道を戻って行く図なんざわれながら間抜けて見られたもんじゃねえな」

男は、初めて長い言葉を吐いた。

「そう憤《おこ》るな、兄い」

——竜助は浮き浮きして云った。

「なあに、怒りゃしねえ。これも役目と思や仕方がねえ。さあ、行くぜ」

眼隠しされて駕籠に乗ると、竜助の身体が地から浮いた。

駕籠は真直ぐに行き、右に曲り、左に行った。竜助は何となくその順序を覚えようとした。眼が開いていても、この真暗な闇では、外の様子は知れなかった。人気の無い寂しいところを通るらしい。一昨日の晩と同じだった。やがて、人声が聞える。町家の通りらしい。それが切れると、また元の森閑とした道を行った。竜助は、百万遍講の念仏を耳に期待したが、それは起らなかった。その代り、やがて法華太鼓の音が聞えた。ああ、そうだ。これから左に折れるのだな、と思ってると、駕籠は、その通りに曲った。竜助は胸が鳴り出した。到着は、もうすぐである。旦那《だんな》さまですか、というあの嗄《しゃが》れた女の声が聴えそうであった。

五

——行燈《あんどん》は着物をかけて、光と影にこの部屋を染め分けていた。光は襖《ふすま》の扇面散らしに当たり、影は淡い明りとなって紅《あか》い蒲団と屏風《びょうぶ》をぼかしていた。何か匂っている。が、それは今、通って来た庭の泊夫藍《サフラン》の記憶であった。

「おお、足が冷たい」

と女は云った。鼻の先が彼の頰に当った。

「おかしい。慄《ふる》えている」

女は笑った。甘い声である。息がじかに竜助の顔に吹きつけた。これほど近いのに、女の顔は、眼も鼻も唇も霞《かす》んでいた。おれの顔も、おおかたこうであろうと竜助は何となく安堵《あんど》した。この女は自分の亭主だと思い切っている。それをいつまでも信じさせねばならなかった。別れた亭主が、やっと会いに来てくれた。何十日と待ち焦れた男である。女が燃えているのはそのためだった。別人と分った時の女の驚愕《きょうがく》と憤怒を思うと、竜助は空恐ろしかった。その恐怖を彼は無理に振り切った。

「あんた」

と女は甘えた。竜助は返事せずに、うむ、と咽喉《のど》の奥で応えただけであった。ものを云うと露見しそうである。

「あんた、待っていた」

女の息が弾んできた。それは竜助の正面に風のように当った。竜助の身体の火が煽《あお》られた。彼の内側に漲《みなぎ》っていた力が暴れ出した。女は声を上げた。一昨日の晩と同じようなことが、それから起った。恰度《ちょうど》、駕籠に揺られて同じ道を来たのと似ていた。分らぬ色彩が眼の前《さき》を舞って、竜助は昏《くら》くなった。秩序から脱け出た白い感覚が弾ねて動いた。

女は唇を開け、呼んでいた。言葉にはならず、短い切れ切れの声であった。奔流の中に、竜助は流されては抵抗した。若い生活は疲労を寄せつけず、途方もない充実さで働いた。女の頬が塩辛くなった。

ふと、竜助は、太い息を聴いた。――

それは、鼻翼《こばな》をせわしく動かして喘《あえ》いでいるこの女の息では無かった。もっと、異質な、別の吐息であった。心の迷いと云えそうな、途中で風が耳に運んだ一瞬の遠いざわめきにも似ていた。それきり、あとは何にも続かなかった。

竜助は、はっとなった。得体の知れない冷たいものが彼の身体を走った。彼は身を沈めた。動悸《どうき》が激しく起った。だが、これは女に向ったものではなかった。

「ねえ、どうしたの？」

女は汗ばんだ掌を竜助の頸《くび》に捲《ま》いた。彼は女の手くびを捉《とら》え、動くことをやめさせた。あらゆることを静止させ、彼は耳に神経をあつめた。何秒かの後、彼のその耳は、廊下をしのびやかに踏んで去ってゆく足音をはっきりと聴いた。一人の足音ではなかった。

竜助は、不意に半身を起して、或《あ》るところを恐ろしい眼で見詰めた。行燈の灯の届かない足の方の襖が、一寸ほど隙を開けていた！

「ねえ、どうしたの？」

と女の声は絡みついた。うむ、と竜助は空な返事をした。彼は女の身体を突き放し、顔を蒲団に押しつけて、帰りの時刻が来るのを待った。――

その帰りも順序の通りであった。嗄れ声の女が障子の外で小さく竜助を呼び、暗い広い庭を提灯《ちょうちん》で足もとを照らして門の外まで見送った。

「旦那さま。お気をつけて」

と云った。

暗いところに駕籠《かご》が待っているのも変りはない。寒い風が星空を渡っていた。

「ご苦労だったな。竜助さん。おや、何だかぼんやりしてるぜ」

あの男が横で云った。半分、笑った声だった。

「ぼんやりするなア道理だがな。まあ、帰ってゆっくり眠ってくれ。明日の晩には、ぱちんと眼を開けてあそこに来るようにな。ほらよ」

袂《たもと》に紙の捻《ひね》りが落ちた。この男の素姓は見当がつかない。店《たな》の使用人かと思ったが、口の利き方に崩れたところがあった。それに妙に威圧的な調子が含まれている。竜助は、おとなしく眼かくしされて駕籠に乗った。

帰りの駕籠の方向を、竜助は覚えるのに余念がなかった。来る時の逆を考えている。しかし、人声も無ければ、太鼓の音も聞えなかった。海禅寺の前で、ほっぽり出されたとき、東の空が明るくなっているのは同じであった。

疑惑が竜助の頭の中を渦巻いていた。冬の朝の風も冷たいとは思わなかった。無論、おとといのような疲労感は無く、身体のうちに熱いような緊張が充ちていた。

あの女とは異った溜《た》め息、忍びやかに廊下を去って行く一人では無い足音、一寸幅の黒い棒になっていた襖の隙間。――もしや、と思う忌わしい直感に狂いは無さそうであった。

竜助の足は踵《きびす》を返して、もとの道に向った。朝は急速に明るくなり、陽が斜めに射しはじめた。

道順の記憶と照らし合せながら、竜助は西へ歩いた。まっすぐ行くのだ。思った通り、両方は寺ばかりだ。しばらく行くと三つ角に出た。躊躇《ちゅうちょ》なく右に曲った。駕籠がそう曲ったのだ。左は寺、右は小禄《しょうろく》の旗本の小屋敷がならぶ。行く手に松平出雲守《いずものかみ》の下邸《しもやしき》の長い塀が見えたところから、左に折れる道がある。記憶にある通り、その道をとって行くと、左は下谷《したや》御《お》具足町《ぐそくちょう》で、右は御《ご》切手町《きってちょう》の町家がつづく。この辺で、百万遍の念仏講の唱和を聞いたのは道理だった。突き当ると薬王院だが、すぐ隣りから車坂《くるまざか》町がはじまっている。人の声を夜この辺で聞いたのは、町家が近いからだった。竜助はひとりで合点をした。

駕籠は、これから右に曲った。それからすぐ左に折れた。坂本町二丁目。ここと三丁目の間に左に入る道がある。竜助はそこを行った。突き当りが要伝寺で右へ東叡山領、千手院、永称寺、日雲寺とならぶ。夜通って寂しい筈《はず》だった。

竜助の眼は日雲寺の門碑の文字にとまった。「法華宗」とあった。なるほど、とうなずいた。二晩とも聴いた太鼓の音はこの寺からだった。

それなら、目的の屋敷はすぐだった。彼は左へ曲って足を運んだ。川が眼に入った。符節が面白いほど合った。川向うは田圃《たんぼ》で、木立と杉垣で囲った邸がいくつか見えた。

根岸の里であった。離れたところに森がある。梟《ふくろう》が啼《な》いたのは当り前だった。

竜助は、すぐ眼の前に見える木立の多い屋敷に心を奪われた。竹で編んだ垣根が長々とつづき、木立の奥にひそんだ屋根に朝の光が当っていた。地形と屋敷の構え具合から、これ以外に無い。

竜助は忍ぶように屋敷に近づいた。垣根には洒落《しゃれ》た木戸がある。なかをのぞくと、植込みを配り、石を散らして枯れた芝草が広大にひろがっていた。遠くに松を植えた築山を島に見立てた池があり、水が落ちていた。仔細《しさい》に見ているうち、かすかに泪夫《サフ》藍《ラン》が匂って来た。もう、寸分の疑いも無かった。

一体、日本橋の大店とはいえ、町人風情がこれほど広大な寮をもつものだろうか。

竜助は見当もつかず、呆《あき》れていると、庭に人の姿が動いて来た。

彼は、垣根の蔭《かげ》に身をひそめた。眼だけ出して見ると、一人は老人で、これは明らかに武士だった。髪が半白だから、さほどの年齢とは思えないが、背の高い身体に袖《そで》無《な》しを着ていた。が、身分あるらしい隠居であることは、艶《つや》のある小袖の贅沢《ぜいたく》さで分った。瘦《や》せて顔色がよくなかった。

この隠居につき添うようにして、大年増の肥えた女がいた。むっちりしたいい身体を年齢より派手な色の着物につつんでいた。

隠居は足の運びが遅い。女は手で身体を支えるようにして歩いている。何か話して笑い合っていた。女の声は甲高くて、どこか嬌《なま》めいていた。

「――明日の晩も、またお愉《たの》しみでございます。参る手筈でございますから。旦那《だんな》さまのお身体も、私がびっくりするほど、ずんとお元気にお返り遊ばして……」

あとは、また笑いが起った。

竜助は、それだけ聞くと、そこをこっそり逃げ出した。自分の直感は、ここでも正確だった。襖《ふすま》に隙間をつくって、溜め息を吐き、廊下をこっそりと去った足音の正体を、いま、はっきりと突き止めた。

六

竜助は、自分が二晩の道具になったことを知った。いや、知らなければ、ずっとこれからも道具になって通っていたに違いない。寒い風が吹いているのに、彼の全身は汗が噴いていた。

彼は動物にされていたのだ。その動物の姿を、あの隠居と妾《めかけ》から覗《のぞ》かれ、吐息をついて仔細に観察されていたのだ。

ふらふらと歩いていると、土地の者らしい百姓に出会った。

「もし」

竜助は呼び止めた。

「あすこに見える立派なお邸は、どなたのお住居ですかね？」

百姓は眼脂《めやに》の溜《たま》った眼を、竜助の指した方向にむけた。

「うむ、あれけえ？」

と濃い髭《ひげ》の中で口を開けた。

「あれは青木芳山《ほうざん》様のご隠居所でさあね」

「青木芳山様？」

竜助が首を傾けたのを見て、百姓は説明した。

「芳山様は今は御隠居のご身分ですがね、もとはといえば、南町奉行までなすった、千二百石の知行取り、青木河内守《かわちのかみ》様と仰言《おっしゃ》ったお方だ。随分と腕の切れたお方だったそうでな」

「なに、南町奉行……」

竜助は呆然《ぼうぜん》とした。百姓が去ったのも分らず、その場にしばらく立ち尽した。

かい、いい、愉しんだ主《ぬし》は、もと南町奉行の青木河内守だった。

そう聞くと、見えぬところで牽《ひ》かれていた糸が竜助に解けた。――この奉行に可愛がられたことのある与力か同心かが、その道具の世話を頼まれた。下役だった男は忠義立てをして、己の支配の下で働いている岡っ引きの田原町の粂吉にことの周旋を依頼した。もしかすると、これは逆かもしれない。年老いて若い妾をもつ青木芳山に、回春の道具をすすめたのは、もとの部下かもしれなかった。どっちにしても、その取り持ちを依頼されたのは田原町の粂吉だ。

粂吉は上役のご機嫌とりに、その物色にかかった。そこで彼が目をつけたのは、見《み》廻《まわ》りのときにちょいちょい見かける遠州無宿の竜助だ。若い上に、身体もいい。広い肩と厚い胸をもっている。――

と、ここまで考えた時に、竜助は身体の中に血が煮えるのを覚えた。粂吉の罠《わな》にかかったのだ。日本橋の大店の出戻り娘という餌で釣った。彼は見事に落ちたのだ。落ちたところは行燈《あんどん》に衣を被《かぶ》せて薄ぼんやりした部屋だった。囮《おとり》の雌が彼を待ち構え、彼は狂ってそれに飛びついた。二匹の動物は舐《な》めて嚙《か》み合った。

衰退しかけた老人は、それを覗いて血を若やぎ回《かえ》らせた。絵草紙も、読み本も、すでに役に立たなくなった老人だが、この秘密な覗きだけは、僅《わず》かに残った気力を湧かせた。大年増《おおどしま》の、脂肪の厚い姿が喜んだ。……

「畜生」

かっとして、思わず眼を恚《いか》らして寮の方を見たとき、彼の視線は、いま、其処《そこ》から出てくる一人の女の姿を捉《とら》えた。三十過ぎの、崩れた恰好《かっこう》をした女だった。

竜助の踵《かかと》が地を蹴《け》った。

女の背後に近づくと、彼の手は、その肩をがぶりと摑《つか》んだ。

「あれ」

女は、愕《おどろ》いて振り返った。縮緬皺《ちりめんじわ》に白粉《おしろい》が塗り込んである。眼が狸《たぬき》のようにまるく、鼻が低かった。口も大きい。昨夜の、淡い灯影の中に夕顔のように白く浮いた大店の出戻り女の正体がこれだった。

女は竜助の顔を見て、逃げ出そうとした。竜助は、その手を握って引き戻した。

「やい、うぬは何処の白首で、誰に頼まれてあんな真似をした？　さあ、そいつの名前を云え！」

——

竜助が、今戸の裏の桶屋《おけや》に帰ったのは午《ひる》を過ぎていた。

「おやじさん。また、うめえものを頼むぜ」

竜助は二分銀を老爺《おやじ》に投げ出した。

「昨夜もかえ？　竜助。いけねえぜ、おめえの眼は血走ってらあな」

老爺は、竜助を見上げた。

「身体に毒だ。もう、止《よ》しねえ」

「うむ、もう止しだ」

「何かえ、昨夜も出来がよかったのだな？」

「うむ、大当りだ、大当りだ」

竜助は嗤《わら》った。

「眠くてならねえ。宵まで一寝入りするからうめえものが来たら起してくれ」

「いいとも」

「それから、その銭の剰《つ》り銭で、近所の金物屋から山芋掘りの道具を買って来てくんねえ。棒の先が尖《とが》ったやつよ」

「妙なものを買うじゃねえか？」

「うむ、賭場《とば》で知り合った奴に頼まれたのだ。そいつの近くの店では売ってねえそうだ。済まねえが、探してみてくれ」

「むつかしい註文《ちゅうもん》だが、広小路《ひろこうじ》あたりの、がらくたをならべている古道具屋に行けば売ってるかもしれねえ。山芋掘りたア懐しい。おれも餓鬼の時は、郷里《くに》の山で掘ったものだ」

「おれもだぜ、おやじさん」

と竜助は、眼を輝かして云った。

「おりゃア山芋掘りの名人だった。一間もある長いやつを折らずに掘り出したものだ」

「そう聞くと何だか山の匂いがして来るようだ。だが、もう、時季外れだ」

「なに、構わねえ。道具の使い道は、山芋ばかりじゃあるめえ」

「え？」

老爺は怪訝《けげん》な眼を上げた。竜助は自分の寝小屋の方に歩いていて、背中を見せていた。

＊

岡っ引きの田原町の粂吉が、妾の家で、その妾と一しょにならんで殺された。

発見は朝だったが、犯人は昨夜のうちに忍び込んだらしかった。蒲団の中で、粂吉も、妾も、疲れてぐっすり寝込んだところを殺られ《や》たらしく、抵抗のあとはなかった。咽喉《のど》が一突きに刺されていて、苦悩の表情も無いくらいな即死だったが、兇器《きょうき》は刀でもなく、出刃でもなかった。検屍《けんし》の役人は、槍《やり》であろうと判断した。見事な突き方で、狙いの外れは無かった。槍で殺されるとは珍しかった。

珍しいのは、それだけではない。粂吉は妾と抱き合ったまま死んでいたのだ。検屍の役人は蒲団をはぐって見て、眼をそむけた。これほど行儀の悪い死にざまも滅多になかった。そのあられもない姿態を、立会った人々の眼は露骨に覗いた。それは役目だから仕方がない。

しかし、死に方もあろうに、こんな醜体を人の眼にさらすとは珍しいと、いつまでも噂《うわさ》になった。

噂始末

一

寛永《かんえい》十一年六月、三代将軍家光《いえみつ》が上洛《じょうらく》した。

今度の上洛は三度目で、前二回と異《ちが》い、大御所秀忠《ひでただ》も世を去り、前年には実弟忠長《ただなが》を自尽せしめ、名実ともに将軍の貫禄《かんろく》をもっての上洛である。それで行列も大がかりで、供の人数も大そう夥《おびただ》しい。

遠州掛川《えんしゅうかけがわ》の城主青山大蔵大輔幸成《ゆきなり》に、将軍宿泊の予定の通告があったのは、ふた月前であった。幸成は急いで城内に将軍お成りの殿舎を造った。隣国からも大工を蒐《あつ》め、結構な建物が出来た。それはよい。

が、困ったのはお供の人々の宿舎である。元来なれば、城内に仮屋を建てて藩士の家族を収容し、空いた屋敷に供の人達を泊めるのがしきたりである。

ところが今回は供の人数が夥しいから、藩士の屋敷では足りない。掛川は二万六千石の小さな城下であるから、町家にもさしたる大きな家もない。

それで、城内の仮屋にも、供人を泊めることにし、藩士の屋敷では家族の多いものは町家を借りる、少ない家族はそのまま居って差支えなし、但し、出来るだけ一室に籠《こも》り、将軍家お供の方々に窮屈な思いをさせぬよう、との達しがあった。

島倉利介《りすけ》は掛川藩で百五十石馬廻役《うままわりやく》であった。今年三十二歳になる。数年前、妻を喪《うしな》い、去年、後妻を娶《めと》った。多美といって二十になる。細面で色が白く、容色に秀でている。利介は、年若い美しい妻を貰《もら》ったと、だいぶん人から羨《うらや》ましがられた。まだ子供はなく、七十歳になる利介の老母と三人暮らしであった。

この利介の屋敷に泊まることになったのは、大番組頭六百石岡田久馬《きゅうま》という旗本である。このことは前日、将軍従士の人別が分かると共に、藩の用人から割当てられて判った。

利介はその日の夕刻、下城するとき、大手のところで同僚の平井武兵衛《たけべえ》と一緒になった。その時、武兵衛は、

「貴公の家は、どういう人がお泊まりか」

ときいた。

利介は、これこれの人だと答えた。すると武兵衛は、

「拙者の家は三百石の大番組の人が二人泊まる。貴公の家は、たった一人、しかも格式はずっと上の人だな。これは貴公にくらべて拙者はだいぶん分が悪い」

と笑った。

が、その笑いは無邪気なものではなかった。武兵衛は一体に競争心が強い。日常些《さ》細《さい》なことでも、他人が己れよりよいことがあると、何となく妬《ねた》み心を起こす。今、利介の話をきいて、何となく自分の方が軽くみられたような心地になった。笑い声には嫉妬《しっと》が粘っていた。

そういうことに利介は気がつかない。家に帰ると、多美に、

「明日の晩は、こういうお方をお泊め申すことになった。粗忽《そこつ》のないようにして欲しい。わしは明日の朝から一日一晩、お城の警固で帰れないからな」

と言った。

妻は、いつも何かを言い付けられた時と同じように、

「かしこまりました」

と、しとやかに手を突いて応《こた》えた。

翌《あく》る朝、利介は母にも言った。耳が少し遠いので、耳もとに口を寄せて言わねばならない。

「万事は多美が計らいますが、母上にもよろしくお願いします」

老母は分かったというしるしに、皺《しわ》の多い首を大きく何度も振った。

二

家光は二十三日申《さる》の刻ごろ到着し、すぐ城内に入った。しかし先駆の伊達《だて》、佐竹、加藤、上杉などの東北の大名達の人数は岡崎あたりまで届き、後続は藤枝、岡部辺に充満している。この人馬で海道の混雑は一通りではない。

この日将軍に従って、掛川領内に入ったもの、馬廻三組、小姓組三組、大番四組の旗本である。それぞれ指定の宿舎に案内された。

城内の新しい殿舎からは能楽が夜遅くまで聞こえた。城の内外は篝火《かがりび》をたいて掛川藩士が徹宵警戒した。この夜は晴れていて星が多い。その星空の下に、将軍の泊まる夜というので城下が静粛に沈んでいる。火の用心を殊にきびしく言い渡してあるのだ。このような夜を島倉利介も平井武兵衛も徹宵警固につとめた。

その夜は無事にすんだ。

翌朝、家光は夏の朝の陽がまだ強くならない辰《たつ》の刻過ぎに出発した。城主青山主殿頭はじめ家臣一同は城外まで見送った。

島倉利介がわが家に帰ったのは午近《ひる》い時分である。

「お帰り遊ばせ」

と多美が出迎えた。すぐに井戸から盥《たらい》に冷たい水を汲《く》んできた。

利介は裸になって身体を水で拭《ふ》きながら、

「お客人は恙《つつが》のうお発《た》ちになったか」

ときいた。

「はい。今朝早くお出かけでありました」

「手落ちなくお世話したであろうな」

「はい。御機嫌よく御出立になりました」

利介はうなずいた。気がかりなことが一つ安心出来たのである。

客を泊めた部屋に入ってみると、床の間にはこの家で大切な軸物がかかり、清楚な花が投げ入れられ、香が焚《た》かれた匂いが残っている。この分ならば遺漏はなかったであろうと更に安堵《あんど》した。

利介は、客はどのような人であったか、ときいた。岡田久馬という人は、三十前位の年輩で背が高い。酒を出したが、これはあまり飲まなかった。気性は気さくな人で、江戸の話など面白く聞かせてくれた、と多美は答えた。利介はまたうなずいた。

彼は昨日の朝から城中に出て一睡もしていない。無事に城でも家でも大事な勤めを終わったという安心で心がゆるみ眠気がさした。

「暫《しば》らく睡《ねむ》るぞ」

と利介は涼しい場所をえらんで横になった。そのまま夕餉《ゆうげ》まで睡った。

利介は翌日登城した。殿の幸成から藩士一同に、「大儀であった」といたわりの言葉があった。尚《なお》、将軍家には来月末、京都から帰東する。その途中、再び掛川にお泊まりがあろう、その心得でいるように、との達しがあった。

下城のとき、利介は平井武兵衛に会った。武兵衛は利介の顔を見ると、

「拙者のところに泊まった客は二人とも大酒家で夜おそくまで騒ぎ、家内が迷惑したらしい」

と言った。それから、

「貴殿のところでは、お内儀がなかなかにおもてなしなされたそうな。泊まられた客が大そうご満足げに朋輩《ほうばい》衆に話されたと聞いた。まず結構じゃ」

と言い添えた。

利介は嫌な気がしてそれを聞いた。その言葉自体には何ら抗議するところはない。が、この普通の言葉を別の意味にとろうと思えばとれなくもない。

利介は、よほどそれを質《ただ》そうか、と思った。が、そうすることは、彼の心がそれに捉《とら》われることになる。卑しいことだという考えが先にきた。彼はそれを聞き流して、何気なく武兵衛と別れた。

三

暫らくすると妙な噂が家中に立った。

「島倉利介の女房が宿を貸した旗本と懇《ねんごろ》にしたそうな」

というのである。

そんなことはあるまい、一緒に姑《しゅうとめ》も居たことだから、と言う者があると、利介の母親は七十でしかも耳が遠い、どんなことがあっても知るまい、と説明する方は言った。

誰から言い出した事か分からない。噂は本人の利介の知らぬ間にひろがった。が、いつまでも知らぬのではなかった。彼にその話を言い聞かせた者があった。利介はすぐに武兵衛が言った言葉を思い出した。怪しからぬ噂は武兵衛が言い出したかも知れぬ、と不図思った。しかし確証がある訳ではない。

利介はこの噂のことは妻には黙っていた。多美を信じている彼は、あまりの馬鹿らしさに話も出来なかった。

が、困ったことに家中の者が利介を見る眼が異《ちが》ってきたように思える。何となく蔑《さげす》んだような、好奇な、よそよそしい眼付である。或《ある》いは、そう思うのは自分の思い違いかも知れない。が、そういう思いに拘泥するところから、彼の心が知らずにやはり惑乱していたのである。

多美は容色にすぐれている。利介より十二、三も若い。噂の発生はこういうところにも誘因があった。多美が利介のところに嫁にくる前に彼女に心を寄せる家中の者も多かったのだ。

利介は武兵衛とその後もよく出会った。もしもこ奴があらぬ噂を撒《ま》いたのではないか、と思う気持が利介に働いて武兵衛の顔を見ると、武兵衛も妙に彼が眩《まぶ》しい眼付をする。今までになかった彼のこの表情をみて、利介は噂を立てたのが武兵衛であることに、十に八つは間違いない、と思った。

ある夜、多美の兄の津田頼母《つだたのも》が訪ねてきた。兄とは言っても利介より五つの年下である。同じ家中であるが、近頃、病気をしていて引き籠《こも》っていた。

「もう癒《なお》ったのか」

と利介はきいた。

「これ、多美。酒でも出さぬか」

「酒はあとでもよい」

　と頼母はいった。

「兄上、まだ御酒はお身体に早うございませぬか？」

　と多美が傍から言うと、

「お前は黙って居れ。少し利介と話したいから、あっちで支度でもして居れ」

　と頼母は利介の前に坐《すわ》った。

「話というのは他でもない」

　と頼母は多美が部屋を出てゆくのを待って言い出した。

「俺は昨日しばらく振りに出仕したが、思いもよらぬ噂をきいた。これだけ言えばおぬしにも分かっているだろう。まさか聞かぬではなかろうな」

「うむ、聞いている」

　と利介はうなずいた。

「実に心外千万だ。他のことではない。俺は聞き捨てならぬ。おぬしと一度会った上、妹を糾明しようと思ってきた」

「待て。お前も多美を疑っているのか」

「そうだろう。お前が多美を糾明するのは噂の方を信じるようなものだ。多美に罪はない。糾明しなければならぬのは、噂の出所だ」

頼母は利介の顔を見た。

「有難い。多美の兄として礼を言う」

「お前から礼を言われんでもよい。俺は多美の亭主じゃ」

と利介は笑った。

「多美には噂のことは何にも言って居らぬ。含んでくれ」

「よし」

と頼母は涙ぐみそうになる眼を伏せて、たてに首を振った。

「噂を立てた男は分かっているのか」

「およその見当はついている」

「誰だ？」

「言えぬ。確かなことではない。が、そんなことは、もうどうでもよい。責任のない
噂などに俺は負けはせぬ」

多美が座敷に戻る足音がしたので、男たちの話は途切れた。

四

家光は七月五日、二条城を発して東海道を下る。再び掛川に泊するのは十二、三日頃の予定である、と京都に滞在中の老中土井利勝から幸成のもとへ使いがあった。その供人を泊めるに、家中の宿舎の割当てがあった。

ところが今回は、どういう訳か、島倉利介の家には一人の割当てもない。他の藩士の家はいずれも二名三名の人数が泊まる。利介は、さては、と胸にくる不審があった。割当ては用人がする。利介は用人に問い質した。

「それはご家老からお言葉があったからだ。ご家老にお訊《たず》ねなさい」

と用人は利介に無愛想に答えた。ご家老は誰方かときくと、金森与衛門《よえもん》殿だといった。

金森与衛門は城中で忙《せわ》しげに書類をみていたが、利介が部屋の入口に低頭すると、不機嫌に顔を上げた。

「何用じゃ」

利介はそれににじり寄ってきいた。今回、自分の屋敷に限ってお供人の宿泊割当てがないのは、何か子細あっての理由であろうか、それをおきかせ願いたい。

　そう言いながら金森の顔を見上げた。

「何を申す、指図のこと一々説明はつけぬぞ」

　と金森は冷たい眼を向けた。

「しかし拙者だけ除外されるという御処置は腑《ふ》に落ちませぬ。恐れながら、お申し聞かせの程を」

　と利介は言った。

「何。腑に落ちぬと申すか」

　と金森の声は少し尖《とが》った。

「なら申し聞かす。わしの耳に気にかかる噂が入った。理由はそれじゃ。それ以上申すことはない」

　利介は眼を怒らした。

「噂と仰せられますか」

「噂、ま、噂じゃ。真偽は別だがの。それは知らん。が、たとえ噂にしても、李下《りか》に再び冠を直すことになっては――」

「金森殿」

「そう血相変えて俺を詰めるな。殿の思召《おぼしめし》もあることじゃ」

「殿の――」

と利介は言葉が詰まって、真蒼《まっさお》になった。

「金森殿。殿の思召とは、まことでございますな？」

「うむ。気の毒じゃが、気にせんでくれ。詰まらぬ噂を立てられたその方の不運じゃ」

利介は家に帰った。ただならぬ顔色で一室に籠ったので多美が心配した。夫婦になって一度もなかったことである。

それでも、一応は、

「お顔色が大そう悪うございます。ご加減でも悪うございませぬか」

ときいた。夫は、

「大事ない。少し考えごとがあるから来ぬように」

と言った。さてはお役向きのことかと女房はそれ以上に尋ねなかった。

利介は一人になって考えた。今までは噂だと思って取り合わなかった。根も葉もない悪口が言いたくば何とでも言うがよい。相手になるのが馬鹿馬鹿しいと思っていた。

それが今は異う。

主君の耳にその噂が入っている。家老には利介の屋敷には誰も泊めさすなと取り計らわせた。こうなれば噂は噂でなくなる。公に主君自ら「事実」を認めたと同じである。世間も朋輩《ほうばい》も、矢張り噂だけではなかったか、と思うに違いない。一体、俺はどうしたらよいか。

永い夏の日も暮れなずみ、部屋は暗くなりかかった。蚊が出てきて耳もとで騒ぐ。妻はさきほどから、夕餉《ゆうげ》の膳《ぜん》が出来ているのだが、呼びもならずに気を揉《も》んで別間に坐っている。

五

利介は翌朝、津田頼母を訪ねた。頼母には二人の子がある。利介がゆくと、

「おじ様。おじ様」

とまつわりついた。

「これこれ」

と頼母は子供を叱って部屋の外に追うと、

「朝から何だ？」

と訊《き》いた。

利介は昨日家老と会った次第を話した。頼母は腕を組んで聞いた。それから眼を上げた。

「それで、おぬしはどうする？」

「俺の家に泊まったお旗本の岡田久馬殿に会って見たい。今度もお供の中にいる筈《はず》だ」

頼母は、利介を睨《にら》むように見て、

「それで？」

と言った。

「いや早合点しては困る。俺が岡田殿に会うのは、不埒《ふらち》な噂を立てた者をはっきり知りたいからだ」

「分かるのか」

「分かると思う」

「分かったらどうする？」

「それから先は俺もまだ思案がつかぬ。ただ今はそ奴が知りたいだけだ」

頼母は頷《うなず》いた。

「それで、おぬしに頼みというのは、岡田久馬殿が今度の割当てで誰の家に泊まるのかを用人から聞いて貰《もら》いたい。俺がきき出すのでは拙《まず》くなったでの」

「よい。将軍家お供のお旗本は何千人だが、その中でも大番組頭なら、容易《たやす》く知れよう」

と頼母は請け合った。それから低い声で、

「利介、おぬし、妙な考えをもったではあるまいの？」

と言うと、利介は微笑して首を振った。

七月十二日、まだ陽の高い頃に家光は到着した。掛川城の内も外も二十日前の混雑がくり返された。

前と同じでないのは、警固をつとめる利介の持場が今度は異《ちが》う。前には、本丸の将軍殿舎に近い付近であった。

今回は組替えさせられて二の丸の近くである。警固するのに持場の優劣はあるまいが、それでも本丸だとか大手の御門内だとかは晴れがましい。

利介は己れが上から憎まれて持場まで変わったように思って唇をかんだ。日中はむし暑かったが夜に入ると雨が降り出した。城中、ここかしこに篝火《かがりび》が雨の中に燃えている。

利介は黙って持場をはなれた。二の丸の御門番には上役から言いつかった所用があるといつわって外に出た。昼間、頼母から大番組頭岡田久馬の宿舎を知らせてくれていた。同藩士だから、かねて見知っている家である。利介はその屋敷に足をいそがせた。

案内を乞《こ》うと、この家の者も利介の顔を知っている。それで訳なく今夜の客、岡田久馬にとりついでくれた。

岡田久馬は小肥《こぶと》りの、丈の高い男であった。利介が名乗り、先日貴殿をお泊め申したが、留守中行き届かぬことで失礼であったというと、久馬は、

「それはそれは、その節はまことに御造作をおかけして千万忝《かたじけ》のうござる」

と鄭重《ていちょう》に礼を言った。が、その顔は、何故利介が訪ねてきたかと訝《いぶか》る当然な不審の表情があらわれていた。

利介は、この家の者が傍に居ないのをみた上、噂の事情を率直に言った。久馬の顔は見る見る驚愕《きょうがく》の色があらわれた。

「奇怪なお話を承わる」

と久馬は低く叫んだ。

「何と申してよいか。あまりのことに言う言葉がござらぬ」

彼は呆《あき》れたように言った。怒気と当惑がその声の裏にあった。

六

利介は、押してきいた。

「そこでお訊《たず》ねしますが、ご貴殿がお泊まりになった翌《あく》る日、誰ぞご朋輩衆に拙者方のことをお話しになりましたか」

久馬は、

「一向に」

と一度は首を振ったが、やがて思い当たった風に言った。そう言えば、さることなしともいい切れない。ただし、これは自分が朋輩に話したのではない。お手前は岡田久馬どの方だと思われるが、あの翌朝、突然にその人に話しかけられた。貴藩の家中のか、ときくから、そうだ、というと、昨夜は島倉利介の家にお泊まりになって何かご不快はござりませなんだか、あの家は年老いた姑《しゆうとめ》がいて、女房がそれに手がかかるからさぞ充分にお構い申せなかったことと思う、自分は利介の朋友《ほうゆう》だが利介に代わってお伺いやらお詫《わ》びをする、と申されるから、ご丁寧なご挨拶《あいさつ》で痛み入る、不快どころかお内儀には一通りでないおもてなしをうけ、まことに快い一夜でござった、と答えたことがある。ご貴殿のおたずねに、心当たりといえば、それ位だ、と久馬は話した。

「その男の人相に特徴はございませんか」

と利介が尋ねると、久馬は少し考えてから言った。

「齢は三十一、二であろうか、丸顔で、背はさほど高くない。そうそう、少し反歯で、前歯が一本無かったと記憶している」

利介は心の中で、矢張り武兵衛に違いないと思った。武兵衛は半年前に、主君の鷹《たか》野《の》に供をした。

その時乗った馬が不意に暴れて落馬し、前歯を折った。そのことと言い、他の特徴と言い、まさしく武兵衛であった。

「ご貴殿ご夫婦には拙者の不徳で思わぬ御迷惑をお掛け申した」

と岡田久馬は利介に詫びた。

二の丸御門の門番衆は島倉利介が戌《いぬ》の刻に雨の中を外から城内に帰ったのを通した。

それから一刻ばかりたって亥《い》の刻すぎ、本丸から隔たった辰巳《たつみ》の方角に、人の罵《ののし》る声を警固の者が微《かす》かにきいた。聞き耳を立てたけれど、二度と声は聞こえてこなかった。或《ある》いは空耳であったか。

警固の者は念のためにその方角に行ってみた。松林となっており、庭とも山ともつかぬような場所である。暗い夜陰のことで様子が知れない。黒い松林のかたまりに雨の音が濺《そそ》いでいるだけである。夜が明けた。

気にかかった警固の者は昨夜の場所に行ってみた。雨は小止みながら矢張り降っている。乳色に昏《くら》い朝の曇った光線でも、黒い人影が地面に横たわっているのは容易に分かった。

目付が検死に来た。雨で流したか、血は少ない。右肩から左乳下にかけて斬り下げられている。美事な腕だと目付はほめた。

馬廻役《うままわりやく》百六十石平井武兵衛の死骸《しがい》と知れた。武兵衛も右手に確と刀を摑《つか》んでいるから不意に斬られたのではない。

将軍家の出立までは騒いではならなかった。死骸は松林の奥に運び、土を運んで地面を埋め何事もなかったようにした。

家光の一行は巳の刻に掛川城を発《た》った。江戸に向かう行列の最後が城下を離れたのは一刻も後であった。将軍家お泊まりの夜の不祥事が知れずに済んで、家老達は生色を戻した。

さて、それからの詮議《せんぎ》が厳しい。

まる半日かかって次のことが分かった。

島倉利介がその夜、二の丸御門から上役の用達しだと言って外に出て、戌の刻に戻った。調べてみても、そういう用事を言いつけた者はない。利介は、その晩、警固の持場を度々はなれている。

そういう不審が利介の上にかかった時、使をもって当の利介から金森の私宅に上書が出されたというので、それが回ってきた。

家老共が立ち会って書状を披《ひら》いてみた。

「平井武兵衛を果たしたのは自分である事、その子細は武兵衛が不埒《ふらち》なる噂を立て、武士として面目を傷つけられたるによる事、以上は明白に申し立てるが、さき頃から重役方に根も葉もなき噂をとり上げて腑《ふ》に落ちぬ御処置があったのは不服である事、よって自訴はしない事」などの意味が書かれてあった。

家老は大蔵大輔幸成に見せた。

「狭量者めが。将軍家お成りの夜という場所柄をわきまえず不届きな。搦《から》めて縛り首にしてしまえ」と幸成は命じた。

七

その朝、利介は家に帰った。多美が迎えると、疲れてはいるが、ふだんの顔色と異《ちが》わない。冷たい水で顔を洗い、身体を拭《ふ》いた。湯漬を三杯食べると、一間に入って何やら書状を書き出した。これが半刻もかかった。

仲間をよんで、それを家老金森与衛門の家に持たせてやった。そうした上で、多美を呼んだ。

「これから申し聞かすことは、お前がたったの今まで夢にも思わなんだ事だ。しかし武士の家では、何時いかなる時に大事が起こらぬとも限らぬ。士の娘に生まれた其汝《そち》には、かねて親御からその覚悟の教えがあったであろう」

と利介は正坐《せいざ》して言った。

思わぬことをきいて多美の眼に愕《おどろ》きが走った。しかし、そのまま眼を伏せて、「はい」とうつ向いた。両の肩は、今から何を言いきかされるか知れぬ不安を、必死でうけ止めている。

「過日、将軍様がお城にお成りの時、お旗本で岡田久馬殿というお仁《ひと》をお泊めしたな。

それについて、その夜、其汝と岡田殿の間に不義があったと噂を立てた者がいる」

多美は突いた手を慄《ふる》わせた。

「不埒じゃが、根も葉もない噂故、黙って捨て置いた。しかるに、ご家老はその噂を気にかけて、二度の将軍家お成りの昨夜には、この家には、お供人のお割当てがなかった。きけば、殿からもお言葉があったという。俺はそれを聞いた時、覚悟を決めた。余の事ではない。主君自らその噂をお取り上げになったと同じじゃ。俺はそれが情けない」

多美は泣いて、

「わたくしの不束《ふつつか》ゆえ――」とうつ伏せた。

「そちの罪ではない。噂を立てた者は平井武兵衛だと突き止めた。俺は昨夜、ご城中で武兵衛を斬った」

多美は、微かな声を洩《も》らした。

「腑に落ちぬは武兵衛だ。何故に左様な噂を立てるか。そちに心当たりはないか」

多美は、泣いていたが、小さな声で、

「平井様は、わたくしがこちらに嫁ぎまする前に、わたくしに何かと――」と言った。

「うむ。それで子細は分かった。その恨みが奴の性根にあったのか。もともと奴は朋《ほう》輩《ばい》にも妬《ねた》み心の強い奴じゃ。ありそうな事よ。――人は噂には興がるものじゃ。その噂に、噂に、この俺が殺されるかと思うと、俺はいよいよ情けない」多美が弾《はじ》かれたようにとび起きると、利介の膝《ひざ》に抱きついた。

「お供に、わたくしも、ぜひ、ぜひ」

と泪《なみだ》が頰を流れ、唇から声が喘《あえ》ぎ出た。

「うむ。よい夫婦の死ざまじゃの」

と利介は声を上げて笑った。それから、

「母上は？」ときいて、今、お寝《やす》みになっている、という多美の返事を受けとると、

「お気の毒じゃが、後にお残し申すことは出来ぬ」と言った。多美が哀しそうに、首をうなだれた。家の裏庭にある桐の木に油蟬がきて、しきりとなき出した。

「暑いのう。この暑さじゃが、門は閉めて閂《かんぬき》をかけろ。雨戸は皆閉めてな。枢《とぼそ》を下ろせ。いやこれはとんと蒸風呂《むしぶろ》になる。が、程のう城から人数が来る筈《はず》じゃ。それまでに夫婦の今生の名残りを惜しもうぞ」

「はい。うれしゅう存じます」

城から捕縛に横目など三、四人が、利介の屋敷にきたが、門は閉じ、雨戸が閉じてある。それも逐電した様子は見えぬ。

さては、と心づいて横目は城に帰って報告した。搦めとれとは命ぜられたが、斬ってもよいとは言いつけられなかったからである。

幸成は、聞くと、

「憎い所行じゃ。手に余らば斬れ」

と怒鳴った。二十人が差し向けられた。表から十人、裏から十人、同時に踏み込んだ。うす明かりの残っている薄暮である。

雨戸を蹴破《けやぶ》って入った最初の一人が腿《もも》を斬られて倒れた。次のが顔を抑えて、うずくまった。次には四、五人がかたまって踏み込んだ。同時に裏口からきた十人が殺到した。

「利介。上意じゃ」と誰かが叫んだ。

十数本の白刃の下で、一人の男が伏せた。

三人の留守居役

一

そろそろ夏に向う四月末の八ツ刻《どき》（午後二時）ごろのことだった。

両国《りょうごく》に甲子屋《かねや》藤兵衛《とうべえ》という大きな料理屋がある。その表に駕籠《かご》が三挺《さんちょう》連なって到着した。挟箱《はさみばこ》を持った供は居るが、三人とも三十から四十ぐらいの間で、立派な風采《ふうさい》をした武士だった。だが、この茶屋の馴染《なじみ》ではない。はじめての顔だから女中が走り寄って、

「どちらさまで？」

と丁寧に訊《き》いた。甲子屋は、この辺で聞えた名代の茶屋だからむやみとは客を通さない。

「われわれはさる藩の留守居の者だが、暫時座敷を借りて寄合をしたい」

と、その中で年嵩《としかさ》な男が告げた。帳場の中から様子を見ていたおかみも、藩の留守居役と聞いて心にうなずいた。風采が立派なだけでなく、その渋い中にも粋《いき》好みがみ

える。とても普通の武士ではこのような呉服の高尚さは分らない。

各藩の江戸屋敷には留守居役を置いて、おもに各藩間の折衝に当らせたが、今で言えば一種の外交官のような役目だ。だが、泰平無事の世の中だから面倒なことはあまり起らない。ときとして各藩の供回り先が何かの間違いで衝突し、喧嘩《けんか》となり、傷害沙汰《ざた》を起すことはあるが、そんな椿事《ちんじ》は三年に一度あるかないかで、ほとんどは藩同士の儀礼的な打合せだけが留守居役に任されている。

その性質上、留守居役には遊芸を嗜《たしな》む者があり、粋人が多かった。寄合と称して、そのたびに料理茶屋を使うので、自然と酒席の間の交渉が巧みになり、芸を覚えるようになる。長唄《ながうた》、端唄、三味線などは玄人《くろうと》はだしだった。そんなわけで各藩の国侍が不粋の代表のように言われたのに反し、留守居役は定府《じょうふ》と決っているので、ほとんど江戸通人化していた。

甲子屋のおかみや女中がうなずいたというのも、この三人の留守居役の身装《みなり》がそれらしく粋に作られているからだ。

甲子屋でも初めてながら上客と思い、いちばんいい部屋に通した。まだいずれの藩とも言わないし、名前も告げないが、総じて武士はめったなことに主家の名前は出さないことになっている。とにかく今後贔屓《ひいき》にしてもらえば、これ以上の上客はない。

会計は藩邸が保証しているし、遊び方も鷹揚《おうよう》なので金も儲《もう》かる。その代り遊び馴れている客だから、料理茶屋としても気を遣わなければならなかった。三人は酒を出させておいて、しばらく談合があるからと言って女中を遠ざけた。

それもすぐに済んだとみえ、やがて手が鳴って女中が呼び入れられた。

「どうだ、この家にも芸者が呼べるか？」

床柱を背負った、色の浅黒い、年嵩の男が砕けた態度で女中に訊いた。

「はい、芸者衆はいつでもお呼びできます」

「そうか。われわれも話が済んだから、これから少々飲みたい。同じ呼ぶなら流行《はや》っている妓《こ》がよい。四、五人ほどここに呼んでもらえぬか」

「かしこまりました。あの、誰かお名指しの妓でもございましたら」

「いや、別にそういう馴染はない。ただ、少々費用はかかっても構わぬから売れっ妓を呼んでほしい」

「かしこまりました」

その男の横に坐《すわ》っている三十過ぎの、色の蒼白《あおじろ》い、痩《や》せぎすの男が、

「芸者もよいが、わしは当家の料理を楽しみにしてきた。ひとつ板前の腕を見せてくれ」

と注文した。

身装からいっても、態度から推しても、それほど小藩の留守居役とも思えなかった。総じて客は気まぐれなものである。定めしほかに行きつけの料理屋があるに違いないが、そこも少し鼻について、気分を換えにふらりとここに入って来たものであろう。

おかみも、女中一同も、そう考えて、あわよくばこれから贔屓にしてもらうつもりで料理の吟味にも心を配った。板前も腕に縒《より》をかける。なにしろ、口が奢《おご》っているし、ほかの料理屋の味も知り尽した人たちなので比較されるのだ。

三人の留守居役はまだどこの藩とも言わないが、かなり大きな藩らしいことは鷹揚な注文ぶりでも分った。当時、芸者の線香代といえば相当なもので、下級武士の一か月の俸禄《ほうろく》が一日の線香代に当っていたくらいだ。だが、留守居役ともなれば自分の金は一文も使わず、全部藩の費用だから、少しも懐ろは痛まない。藩でもこういう交際費は思い切り出した。

というのは、留守居役の役目には幕府からお手伝いと称する普請その他の夫役《ぶやく》を回避する仕事が課せられていたからだ。一たび普請手伝いなどさせられると、藩の財政が傾くくらいにひどい目に遭う。それを何とか避けようとする外交折衝だから、留守居役の交際費にはどこの藩も会計をゆるめた。自然と留守居役は藩費を湯水のように使い、贅沢《ぜいたく》のしほうだいということになる。土地の一流の芸者を集めようという三人の留守居役の注文も、こんなわけで別にふしぎではなかった。

酒につれて料理がつぎつぎと出される。三人の留守居役は、ちょっと箸《はし》をつけては舌を動かし、すぐ次の皿をつつく。それがいかにも料理の吟味をしているようだった。まだうまいともうまくないとも批評はしない。大事な客と見ておかみも座敷に出たが、始終心配そうに三人の客の口もとを眺めていた。

そのうち売れっ妓という芸者が続々と座敷に入ってきた。

「いや、美形が参ったな」

とほろ酔いになりかけた三人の客は上機嫌である。

「おまえは何という名だ？」

と、型のように芸者の名前を訊いたりしている。その中で長吉《ちょうきち》という芸者がよその座敷から回ってきて、これも少し酔っていた。

「まあ、旦那《だんな》さまのお召物は、ほんとうに渋好みで粋でございますこと」

と、傍に寄って衿《えり》などをいじっていた。ほかに順々と名前を答えた芸者は、蔦吉《つたきち》、半兵衛《はんべえ》、長丸《ちょうまる》、染吉《そめきち》、源太《げんた》などだった。芸者に男名前の源氏名が付いているのは、吉原などの花魁《おいらん》と違っていることを自ら区別し、きりりとした気性を出すためだといわれている。

この連中は、柳橋、日本橋薬研堀《やげんぼり》、人形町などから集ってきていた。

おかみは、その中のやはり売れっ妓の長丸に、

「おまえさん、ほうぼうのお座敷に出るようだが、あのお三人方とお目にかかったことがあるかえ？」

と、陰でこっそりと訊いた。

「さあ、まだ初めての顔なんですけど」

と、長丸も知らないようである。これはほかの芸者も同じことだった。

「それでは、旦那方の遊びは今まで河岸《かし》が違っていたんだろうね」

と、おかみも呟《つぶや》いた。

留守居役があまり寄合をするので、当時寄合茶屋という名の料理屋がほうぼうに出来たほどである。そのために料理屋の普請も贅沢を極めた。江戸市中でもそのころ四十数軒をかぞえたくらいで、これがのちの会席料理のはじまりとなったと言われているくらいだ。

だから、両国の料理屋が初めての客だと思っても、ほかに遊び場があったと考えるのはふしぎではなかった。

そのうち芸者を入れて酒がはずむ。三十二、三の黙りこくっていた一人が芸者に芸事を所望した。

「まあ、旦那方の前で恥しいわ。みなさんからどうぞ」

と、芸者が客に注文する。実際お世辞ではなく、留守居役と聞いてはどんな玄人芸を持っているのか分らないので、芸者のほうが気味悪く思うのも当然だ。が、客は芸者に花を持たせるとみえ、何としても口を開かないし、三味線も抱えない。仕方がないので、源太と半兵衛とがそのころ流行《はや》り出した端唄を二つ三つ唄った。こんなものなら別に芸の真価を問われることはない。

その場ではいつの間にか二刻近く経った。年嵩《としかさ》の客がようやく昏《く》れなずむ大川を眺めて、

「どうじゃ、ここで酒ばかり飲んでいてもつまらないから、これから堺町《さかい》に行こうか」

と言い出した。これは芸者たちを大喜びさせた。芝居は何よりも好物の女たちである。

「それなら市村座がようござんす」

と、長吉が言った。それにつれて役者衆の評判が出る。いま市村座では「皐需曾我《さつきまつそが》

橘《たちばな》」が上演され、松本幸四郎の工藤祐経《すけつね》、市川八百蔵の時致《ときむね》、嵐和歌野《あらしわかの》のとらが評判で、殊に祐成《すけなり》が文の紙の上を渡る軽業の所作事《しょさごと》が大出来で大評判だと女たちも口々に言い、ぜひ見せてくれとせがんだ。

三人の留守居役はゆったりとこれにうなずいて、

「それでは、ここの払いをせねばなるまい。いずれあとで芝居から戻って飲み直すこととして、一応仕切りをつけよう」

と、懐から紙入を取出した。

おかみが呼び出され、その年嵩の留守居役から初めて藩の名前を告げられた。

「自分は小笠原大膳大夫《おがさわらだいぜんたいふ》家来秋山彦左衛門《あきやまひこざえもん》という者である。またここに居る両人は、一人は阿部伊予守《あべいよのかみ》家来吉田助三郎《よしだすけさぶろう》、一人は稲葉美濃守《いなばみののかみ》家来小沢元右衛門《おざわげんえもん》と申す者である。これからもちょいちょい来るかも分らぬから、よろしく頼む」

と挨拶《あいさつ》した。

小笠原といい、阿部といい、稲葉といい、いずれも十万石以上の大名であるから、おかみも恐れ入り、畳に頭をこすりつけた。

「あとでまたこちらにお越し下さるならば、お代のほどはそのときに頂戴《ちょうだい》いたします」

と、おかみは言った。

「そうか。しかし、われらはこの家は初めてであるゆえ、それでは何となく心が済まぬ」

年配の男は考えていたが、

「それでは、この財布は芸者どもに預けておく」

と、傍に居た長丸に渡した。長丸は掌にずしりとした重みを受取り、大事そうに懐ろの奥に仕舞った。

三人の客は座蒲団から起《た》つ。このとき年嵩の秋山彦左衛門の袴《はかま》の紐《ひも》が緩んで腰から下にずり下っているのが分った。

「旦那さま、お袴が緩んでおります」

長丸が言うと、

「おう、そうか」

と彼は自分の袴の紐を締め直そうとした。

「お手伝いさせていただきます」

長丸が秋山のうしろに回る。袴の紐の締め直しを手伝っているとき、長丸は袴の腰板のあたりに奇妙な札が付いているのを眼に止めた。一寸ほどの長さで、紙縒《こより》の先が括《くく》りつけられ、その端のひろがったところに「㊕」という文字が記入されてあった。よく出入りの洗い張り屋に衣類を出すときに付けられる符牒《ふちょう》で、秋山はうっかりとこれを取り除くのを忘れて来たらしい。長丸はそう言ってよいかどうか躊《ため》らったが、このまま見過しておくと秋山自体がどこで恥を掻《か》かぬとも限らぬので、笑いながら、

「旦那さま、こんなものが」

と、冗談交りにその紙を引張った。秋山がそれに気づいてやや赤面し、

「これはうかつなことだった」

と、自分でそれを千切り、指先で裂き、まるめて袂《たもと》の中に抛《ほう》り込んだ。そのとき秋山の顔に狼狽《ろうばい》の色が見えたので、長丸は気の毒に思った。

二

芝居に行けるというので女たちは浮き立っている。

すると、小笠原家の留守居役秋山彦左衛門がこんなことを言い出した。

「どうも、このままで芝居小屋に押出しては観客の手前いかがかと思われる。何せ、当節は倹約のお布令もたびたび出ていることではあるし、人前もあるので、おまえたち、その髪飾りぐらいは取って行ったほうがよいのではないか」

と注意した。

芸者は着物もそうだが、櫛《くし》、笄《こうがい》、簪《かんざし》などに特別な数寄を凝らしている。それには鼈甲《べっこう》の笄や櫛、南蛮渡りの珊瑚《さんご》の根締《ねじめ》、金銀細工の簪といったものが金をかけて造らせてある。これらは出来合のものではなく、いちいち注文して造らせたものだから、それだけに高価な費用がかかっている。いわば髪飾りで芸者たちの心意気を誇示したものだった。

「それに第一、当節は不用心だからのう」

稲葉家の家来小沢元右衛門が注意した。

「ほんにそうでございますな。近ごろは掏摸《すり》や巾着切《きんちゃくき》りが多うございますから、髪飾りの道具もいつ抜かれるか分りませぬ」

長丸が言うと、ほかの芸者たちも、やれ、誰々さんは町を歩いていて簪を抜かれたとか、櫛を掏《す》られたとか、実例を引合に出した。

秋山彦左衛門はいちいちそれにうなずいて、

「それではおまえらのものは、持参した挟箱の中に入れるがよい。また、そのきらびやかな風采《ふうさい》では人目に立つから、おまえたちの座敷着もここで粗末なものに着更え、それらは挟箱に仕舞っておくがよい」

と言った。どこまでも親切で行届いた心遣いなのである。

女たちも急のことではあったが、早速、茶屋の女中たちのものを借着して、贅沢《ぜいたく》な座敷着は、客持参の挟箱の中に入れた。

「それでよい」

と、秋山彦左衛門はすっかり地味になった芸者たちを見回して満足げに言った。

「これで芝居小屋で頭のものを抜かれる心配もなし、また見物人の眼をそばだてることもあるまい。では参ろうか」

と、先に起った。

このとき蒼白《あおじろ》い顔の阿部家の留守居役吉田助三郎の供だけが挟箱を持参し、他の挟箱持ちは帰した。

三人の留守居役が乗りつけた駕籠《かご》もすでに帰らせている。そこで、近くから町駕籠を呼び、芸者もそれに加わって、一同は賑《にぎ》やかに連なって堺町に繰出した。

ところが、芝居はすでに終演《はね》ていて、恰度《ちょうど》打出しの最中だった。その頃の芝居は夜までかかるということはなかった。せっかく楽しみにして来た芸者たちもこれを見て落胆した。

「やむを得ぬ」

と、年嵩の小笠原家の留守居役秋山彦左衛門が芸者たちに言った。

「それでは、これから別の座敷に行って飲み直すとしよう」

あまり芸者たちががっかりしたのを気の毒に思ってか、彼はそう言ってくれた。こういうふうに女たちを遊ばせることも留守居役は心得ている。不粋な侍ほど女たちに威張り散らすものだが、さすがにこの三人は遊びに馴《な》れていた。

「元の甲子屋に戻りますか？」

と、長丸が訊《き》くと、

「いやいや、このまますぐ戻ったのではあまりに曲がなさすぎる。甲子屋はあと回しにして、その前にどこかの座敷に上ることにしよう」

と、これには蒼い顔をしている阿部家の留守居役吉田助三郎が口を出した。芝居を見てからならともかく、すぐに甲子屋に引返したのではなるほど時刻的にも早すぎるし、面白くもない。芸者たちもその趣向には賛成した。

「どうだ、おまえたちで知った茶屋があれば、そこに案内してくれぬか」

と、秋山が言った。

「それなら、駒形の松野屋が出入先で、ぜひあそこにいらして下さい」

と言う妓《こ》もいれば、

「柳橋の稲村屋が親切で、料理もおいしゅうございます」

と言う妓もいる。いずれも贔屓《ひいき》筋の茶屋にさせようとしているのだ。

三人の留守居役は当惑げに顔を見合せていたが、やはり年嵩《としかさ》の秋山が口を切った。

「おまえたちはそれぞれの料理屋があるだろうが、ここで口々に違った名前を並べられてもちと困る。また、そのどこに行っても依怙《えこ》贔屓になるから、いっそ違った料理屋に参るとしよう。それもこの際一興ではないか」

と提案した。

芸者たちもそれも一理だと考え、再び駕籠を大川の方角に戻した。例の挟箱は吉田が連れてきた中間《ちゅうげん》が担いでうしろから従った。

結局、落着いたのが駒形河岸《がし》の桔梗《ききょう》屋という家である。それほど大きくはないが、まず、この辺でも名の知れた料理屋だ。

この桔梗屋でも三人の留守居役は初めてだが、ほかの芸者の顔は見知っている。いずれもいま売れっ妓の芸妓《げいぎ》ばかりなので、客の素性もたいてい想像がつく。下へも置かない体《てい》で二階の八畳間《はね》に通した。

折から堺町の芝居が終演《はね》た直後のことで、戻りの食事の客で中は混雑している。女中たちも顔に汗を浮べてお膳《ぜん》を抱えながら右往左往していた。

「ひどく混んでいるな」

と、秋山が座敷に落着いて言った。

「恰度、芝居の終演《はね》とぶつかりましたので間が悪うございました。でも、ほどなく静かになりましょう」

蔦吉がとりなし顔に言った。

芸者たちも大事な客だからといって自分で階下《した》に降り、おかみに掛合って料理の催促などする。また女中の手が足りないので自分でお膳運びをする妓もいた。どの部屋もいっぱいで、廊下などは客の笑いと話声で雑踏の中を歩くようだ。

酒が出る。料理が出る。だが、相変らず混雑は収まらない。芝居を見たあとの客はとかく長尻《ながっちり》になるものだ。料理の出方がつい遅くなるので芸者たちもそわそわし落着かなかった。

そのうち稲葉家の家来小沢元右衛門が用事があると言って先に帰った。あとは年配の秋山彦左衛門と蒼白い顔の吉田助三郎と二人になったが、いつの間にか、その二人の姿も消えていた。

はじめは手水《ちょうず》にでも行ったのだろうと思っていた芸者たちも、あまりに戻りが遅いので料理屋中を探してみたが、狭い家のことで両人の姿の無いことはすぐに分った。

「あれ、どうしたのでしょう?」

芸者たちも心配になったが、そのうち長吉があっと大きな声をあげた。

「挟箱が無いよ」

その挟箱には芸者たちにとって命より大事な頭の道具と座敷着とが入っている。たしかにここに着くまで挟箱は供の中間が持っていたのは分っているが、その中間も挟箱も見当らない。肝腎《かんじん》の三人の姿と共にこれも消えてしまっているのだった。

騙《だま》されたことは分ったが、まだ実感としてぴんとこない。あの身装《みなり》といい、態度といい、どう考えても大名の留守居役としか思われないのだ。

そのうち蔦吉が長丸に、

「おまえさん、あのお武家から紙入を預っているだろう?」

と言った。

「あ、そうそう」

芝居に行くときに、たしかに長丸は小笠原家の留守居役秋山彦左衛門という年嵩の男から紙入を預っている。今もそれは彼女の帯の間にずしりとひそんでいた。

早速、長丸がそれを取出して中をあけると、のぞいた女たちの口から一斉に叫びがあがった。紙入の中には鍛冶屋《かじや》からでも拾ってきたらしい鉄の屑《くず》がいっぱい詰っていた。

長丸、半兵衛、蔦吉、長吉、染吉、源太の六人の芸者は、その晩から寝込んでしまった。無理もない。命より大事な髪飾り、座敷着がニセの留守居役にまんまと巻上げられたのである。

三

しかも、出入先の両国の甲子屋も、駒形の桔梗屋でも大迷惑を蒙《こうむ》っている。桔梗屋はともかくとして、甲子屋でも自分のほうから芸者を呼んだので大そう気の毒がったが、芸者自体はこんな恥は一生にないことだから、ほかの料理屋にも同輩にも顔向けができないと、病人になってしまった。

はたの者で、いっそお上に訴えたらと忠告する者があったが、女たちは口を揃えて、こんな恥しいことを世間に知られては困ります、恥はわたくしたちだけで結構です、それだけは勘弁してくれと断わった。

だが、納まらないのはみんなの気持だ。どう考えてもくやしくてならない。客を見る眼がなかったといえばそれまでだが、もっと残念なのはまんまと髪飾りや衣類を巻上げられたことである。それを考えるだけでも身体が痩《や》せ細るようだ。

なかでも長丸は芯《しん》の強い男勝りの女として知られていた。このまま災難だと思って諦《あきら》める気持もないし、引込んでいる気もしない。知った者で、懇意な岡っ引があるから、そこにこっそりと探索を頼んだらと言う者がいたが、

「いいえ、ようござんす。あたしたちが災難を受けたのだから、自分で探します」

と言い切った。

長丸がそう強く言った裏には彼女には一つの自信がひそんでいたからである。

それは、留守居役と称する三人の男のうち年嵩なのが坐《すわ》りつづけていたせいか袴《はかま》が腰から緩んだ。それを締め直すときに長丸が手伝ったが、袴の腰板のところに紙縒《こより》が付いていたのを見ている。それはたしかに㊋と付いていた。出入りの洗い張り屋にでも出したとき先方が付けたのがそのままになっていると思い、それとなく注意したが、その男は俄《にわ》かに赤面した。

今から考えると、あれはその不調法にうろたえたのではなく、思わぬところにそんな不用意なものが残っていたのに狼狽《ろうばい》したのだ。

長丸は蔦吉と仲がよい。彼女は胸に秘めたことを蔦吉のところに行ってこっそりと打明けた。

蔦吉はまだ打撃で床の中に寝ていたが、それを聞くと、

「姐《ねえ》さんはいいところに眼をつけました。それなら、早速、御用を聞いている親分にでも内密に探索を頼んだらどうですか」

と言った。

「何を言うのだえ」

と、長丸は叱った。

「そんなことをするのだったら、あたしは初めから黙ってはいないよ。芸者衆一同の名折れになるから誰にも打明けなかったんだがね」

「そんなら、どうするつもりですかえ？」

「あたしが独りで、それを手がかりに質屋を回ってみます」

長丸は、その符牒《ふちょう》を質屋の貼札と見当をつけたのだ。

なるほど、質屋なら考えられそうなことだ。悪者が質流れの品を買ってきて俄《にわか》留守居役を装ったが、不注意にも質屋の貼札だけは一枚残っていたというところかもしれない。そう考えてみると、連中が渋い着物ばかり選《よ》って着込んでいたことも初めから計画的だったといえる。

芸者六人の髪飾りを集めると、あんな男の着物など何十枚も買えそうだ。悪者は元手をかけても十分に儲《もう》けているのである。

今ごろは留守居役に化けた三人と、あの挟箱を持った中間たちが手を叩《たた》いて大笑いしているかと思うと、あたしはくやしくて仕方がないと、長丸は唇を噛《か》みしめるのだった。

「おまえさんが江戸中の質屋をたずねるのかえ？」

と、蔦吉はいささか長丸の強気におどろいた。

「ええ、どうしても、あたしは盗《と》られた品を取返してみせるからね。蔦ちゃん、おまえのぶんも立派に持ってきて上げるよ」

「姐さんは相変らず気性が強い」

と、蔦吉はまじまじと長丸の顔を見た。ほかの被害者が落胆やらくやしさやらで寝込んでいるのに、長丸だけは復讐《ふくしゅう》の念に燃えているのだ。

「女の一念岩をも通すというからね。あたしはきっと、あの悪人に仕返しをしてやるよ」

と、彼女は眦《まなじり》を吊《つ》り上げた。

それから長丸の単独探索がはじまった。商売も休み、毎日質屋回りをしている。

蔦吉は、姐さんは江戸中の質屋を探し回るのかと心配したが、質屋には各地域ごとに組合のようなものがあり、一、二店を回れば案外と仲間内の様子は知れる。殊に長丸の瞳《ひとみ》に焼付いているのは㊎の印だった。

「はてね、㊎なんて頭の付く質屋は、この近くにはありませんぜ」

と、日本橋あたりの質屋では言う。

それが浅草、下谷、神田と歩き回っても同じような返事だった。

「畜生、あいつらはよっぽど用心深く企《たくら》んでいるようだね。きっと遠い質屋から品物を出して着てきたに違いないよ」

長丸は蔦吉のもとにときどき来ては報告した。

「もういい加減に止めなさいよ」

と蔦吉は少し心配になって止めた。

「いいえ、きっとそのうちに探し出してみせるよ。せっかくここまで脚を棒にして尋ね回ったんだもの。もう一息だからね」

と、長丸の強気は変らなかった。

長丸の素人探索がはじまってから十日ばかり経ってのことだった。蔦吉のもとに彼女が久しぶりに晴々とした顔を見せてきた。

「蔦ちゃん、とうとう突き止めたよ」

と、彼女は意気揚々としている。

「え、分ったのかえ？」

と、蔦吉もおどろいた。

「質屋をいくら探しても無かったわけだよ。わたしもずいぶんうかつだったわね」

「じゃ、どこだったの？」

「着物に符牒が付いているのはなにも質屋に限らない。貸衣裳《かしいしょう》屋だってあらアね」

「あ、なるほど。……それでおまえさん、その貸衣裳屋を探しに行ったのかえ？」

「ちゃんと芝のほうに㊥という貸衣裳屋があると聞いたので、早速行ってみたよ」

「で、どうだった？」

蔦吉も息を詰めた。

「それは芝の増上寺《ぞうじょうじ》の近くに井筒《いづつ》屋という貸衣裳屋があってね、そこで訊《き》くと難なく分ったよ」

「悪者の正体も分ったのかえ？」

と、蔦吉も思わず膝《ひざ》を乗り出した。

「それもどうやらぼんやりとだがね」

長丸は、そこははっきりと言わなかった。分っていてもまだ口に出すのは早いと思ったのか、それとも実際にそこまでは言明できないのか、蔦吉には判じかねた。

「でも、明日もう一度出かけるとはっきりするからね。そのときはおまえさんにも何もかも悪者の正体が打明けられると思うよ」

「姐さん」

と、蔦吉は心配になって止めた。

「あんまり深入りはしないでおくんなさい。万一ということがあるからね」

「心配しなくてもいいよ。これでもあたしは負けぬ気だといっても用心はしているからね。みんなのくやしさを思うと、是が非でもあたしの細腕で相手の化けの皮をひんめくってやりたいんだよ」

「ねえ、姐さん、そこまで分っていれば、いっそ御用聞きの手に渡したほうがいいんじゃないかね」

「そりゃ決着のところはそうなるだろうけれど、ぎりぎりまでは自分の手でやってみたいからね。まあ、蔦ちゃん、そう心配しなくても大丈夫だよ。……やれやれ、これでやっとあたしも胸の閊《つか》えも下りそうだよ」

「ほんとに姐さんの一念が届いたというわけだね」

「人間、一生懸命になれば、何とか通じるものさ」

長丸自身も執念が成就したのを意外に思っているらしかった。実際、江戸中に何万人の男がいるかもしれないが、その中から相手を突き止めたというのはたいへんなことである。

その翌《あく》る日、蔦吉は夕方になるのが楽しみだった。今日は長丸から下手人の正体を突き止めたという報告があるはずだ。彼女はそれを考えると、朝から蒲団の中にばかりもぐる気もしなかった。

だが、どういうわけか長丸は、その日暗くなっても姿を見せなかった。

万一のことがなければよいがと不安になった蔦吉が使いの者を長丸の家に走らせると、彼女の家でも長丸が未《いま》だに戻ってこないので心配しているということだった。

四

芸者の長丸がその晩おそくなっても帰らないと使から聞いて、朋輩《ほうばい》の蔦吉は心配した。

長丸は、この前の災難以来、ひとりで下手人を突き止めてみせると勇んでいた。このまま泣き寝入りになるのは口惜しいというのだ。口惜しさは、ほかの朋輩の蔦吉、半兵衛、染吉、源太なども同じこと。金のかかった頭の飾りものをまんまと騙《だま》し取られたのだから、その衝撃で蔦吉や半兵衛、源太などは床に就いているくらいだ。

長丸は気性が男まさりなので、ひとりで探索にかかっていた。この一件はなにも長丸の責任ではない。危ないからおよしよ、と蔦吉が止めたくらいだが、長丸は、その探索の甲斐《かい》があってか、どうやら、おぼろげながら下手人に見当がついたと、昨日も報告に寄った。

手がかりは、三人の留守居役の一人、小笠原大膳大夫家来秋山彦左衛門と称する年配の男のつけていた、袴《はかま》の腰板に下がっていた㊋の符牒《ふちょう》だという。芝のほうの貸衣裳屋に井筒屋というのがあって、そこに目星をつけてはじまったのが長丸の行動である。

どんなに気性が強くとも、悪人を追及しようというのだから危険を伴う。殊に相手は留守居役に化けただけでも三人いる。ほかに同類かどうか分らないが、挟箱を持っていた中間が三人、駕籠《かご》かきまで入れると、大そうな人数である。長丸が相手を突き止めて乗りこんだとしても、逆に何をされるか分らない。その長丸の帰りが遅いと聞いたので、蔦吉はいよいよ心配した。

彼女はとうとう思い余って自分で支度をし、かねて知っている神田松枝町《まつがえちょう》の御用聞、惣兵衛《そうべえ》のところに相談に行った。

「今から寝ようとしたところだ。今ごろやって来るんじゃ、だいぶん気のせいた話を聞かされそうだな」

と、惣兵衛は長火鉢の前に蔦吉を据えて言った。

「親分さん、たいへんなことが起りました。人ひとりの命に関りそうです」

蔦吉は蒼《あお》い顔で愬《うった》えた。

「人の命に関るというのは聞き捨てにできねえ。だが、いきなりそう言われても、こっちはトチメン棒を振るばかりだ。おめえも少し落ちついて初めからゆっくりと話してくんな」

惣兵衛は女房を呼び、蔦吉に熱い茶を出させた。

「親分さん、実はこうなんでございます」

と言い出したのが、留守居役と称する三人男に騙された顚末《てんまつ》だった。

「そいつはえらいご難だったな」

と、惣兵衛は笑った。

「おめえたちはいつも男を騙しているから、ときには騙されてもあんまり苦情は言えめえ」

「ご冗談を。それだけなら、まあ、わたくしたちが髪飾りの災難だけで済むのですが、今も言った通り、長丸姐《ねえ》さんがどうしても騙した男を突き止めると言って、心当りのところに出かけたのでございます。それが今朝早く出かけたまま、まだ戻ってきません。わたしは虫の報《し》らせか、動悸《どうき》が昂《たか》ぶって仕方がないんです。親分さん、長丸姐さんにもしものことがあっては取返しのつかないことになります。なんとか助けておくんなさい」

「そんな大事を芸者ひとりでやろうというのが間違っている。どうして、おれたちのところに、もっと早く相談にこなかったのかえ？」

「それはずいぶんと止めたんですが、長丸姐さんがどうしても諾《き》かないんです。親分衆に頼んだら、自分たち芸者の恥が外に洩《も》れてしまう、自分には心当りがあるから、きっと相手をつかまえてやると、激しい剣幕でしたから、もう抑えようがなかったんです」

「見当がついていたと？　で、その長丸の見当というのはどういうことだえ？」

蔦吉はそれも話した。留守居役の一人の腰板についていた㊥の符牒が、芝のほうに井筒屋という貸衣裳屋のあることが分って、その店のものではないかということ。事実、彼女はその店に行ったらしいが、だいぶん確信できるものを摑《つか》んでいったん戻ったことなどを述べた。

「質屋を探して、次に貸衣裳屋に眼をつけたところは、長丸もばかじゃねえな」

と、惣兵衛は言った。

「だが、それで気負ってひとりで行ったのは、あんまり相手をみくびりすぎている。おめえたちは日ごろから男のばか遊びばかり眼にしているので、甘く見てかかっていたんだな」

「親分さん、今夜でもすぐに芝の井筒屋に人をやって、長丸姐さんが来たかどうか調べていただけませんか」

「今夜か」

惣兵衛は渋った。夜もすでに五ツ半（九時）を過ぎている。

「おめえの心配も分るが、案外、長丸は、おめえがここに来ている間に、ひょっこり戻っているかもしれねえぜ。まあ、明日の朝まで様子を見たらどうだえ？」

「でも、親分さん、もし長丸姐さんが戻っていなかったら、わたしは今夜は睡《ねむ》れませんよ」

「おめえの気持は分るが、物事はえてして、案外、取越苦労に終ることもある。その代り明日の朝になっても長丸が戻って来てねえと分れば、すぐに報らしてくれ」

惣兵衛が断わったので、逸《はや》っている蔦吉もそれ以上には強く押せなかった。彼女はしぶしぶそれを承諾した。

「ねえ、親分さん、三人の留守居役は、やっぱりニセもんなんでしょうね？」

「うむ。近ごろの留守居役は、当り前のことに飽いてあくどい遊びをすると聞いているが、もし、これがどこかの藩の留守居役の悪戯《いたずら》だったら、度がすぎている。だが、今の話を聞いても、おれにはニセもんのように思えるな。第一長丸が袴の腰板につけた符牒に眼をつけたのは手柄だ。こいつをニセもんの決め手にしていいだろうな」

「そうすると、どこの奴でございましょうね？」

「さあ、そいつはおれにも今は判じかねる。まあ、明日の朝、長丸が戻っていれば、いっしょにおれのところに来てくれ。長丸の口から詳しい話を聞けば、こっちも見当がつくかもしれねえ」

「盗《と》られた髪飾りは戻ってこなくてもようござんすが」

と蔦吉は溜息《ためいき》をついた。

「長丸姐さんに万一のことがなければと、それが心配でなりません」

その蔦吉が若い衆に護《まも》られて駕籠で帰ったあと、惣兵衛の女房が門口の見送りから引返して長火鉢の傍に坐《すわ》った。

「ねえ、おまえさん、蔦吉さんの話をわたしも小耳に挿《はさ》んだけれど、どうしてすぐに芝の井筒屋という貸衣裳屋《かしいしょう》に誰かをやらなかったのかえ？　今夜行けば、長丸さんの危難が助かるかも分りませんよ」

「女はとかく気が早え」

と、惣兵衛は煙管《きせる》に莨《たばこ》を詰めた。

「長丸は、案外、今夜あたりケロリとして戻っているかも分らねえ。蔦吉の一方口を聞いて泡を食って、こんな真夜中に芝の井筒屋の戸を叩《たた》いてみろ。こっちが引っこみのつかねえことになるかもしれねえ。まあまあ、万事は明日の朝だ」

「おまえさんも若いときは気が早いようだったが、だんだんと気長になってきたね」

と、女房は惣兵衛の落ちつきを不満そうに見ていた。

「年を取っただけに分別がついたのかもしれねえ。いくら女同士だからといって、おめえまで蔦吉といっしょになってあわてることはねえ」

「でも、長丸さんの身に万一のことがあったら、どうする気かえ?」

「静かにしろ、御用のことに横合いから口を出すんじゃねえ」

と、惣兵衛は煙管を叩いた。

――その惣兵衛の占いは当った。

翌《あく》る日の朝四ツ（十時）ごろ、蔦吉が慌しく駕籠に乗って惣兵衛のところに駆けつけてきた。

「親分さん、昨夜はお騒がせしました」

「どうした？　おめえの顔色からみると、長丸は無事に戻ったようだな」

「ほんとに面目次第もございません。親分さんの言われた通り、ここから家に戻ってみると、長丸姐さんがわたしの家に来て待っていました。すぐにそれをお報らせしようとしたのですが、親分さんの言葉もあり、今朝まで待ってもらうことにしました」

蔦吉は具合悪そうな顔をしたが、昨夜の表情とはうって変って明るさを取戻していた。

「当人が無事に戻って来たというなら何よりだ。なるべくおいらのような者が出ねえほうがいいからのう」

「ほんとに申し訳ありません」

と、蔦吉は手土産に菓子函《かしばこ》など差出した。それが彼女の詫《わ》びのしるしらしかった。

「おれは何も動いたわけじゃねえから、あんまり心配するな」

惣兵衛は女房が運んできた桜湯を飲んで言った。

「ところで、その長丸の話はどうだった？　やっぱり芝の井筒屋という貸衣裳屋から、何か手がかりが摑《つか》めたのかえ？」

「わたしもてっきりそう思ったんですが、長丸姐さんの話では、その井筒屋では誰にもそんな衣裳を貸したおぼえはないと言ったそうなんです」

「じゃ、袴《はかま》の腰板についていた㊀の符牒《ふちよう》は違っていたのかえ？」

「どうも、そうらしゅうございます。長丸姐《ねえ》さんは井筒屋でいろいろ訊《き》いて見込違いが分ると、今度は㊀の符牒のつきそうな質屋や貸衣裳屋を探して、ほかのところを歩き回ったそうです。それで昨夜は遅くなり、すっかり心配をかけたと言っていました」

「ほかを回って新しい手がかりでも摑めたのかえ？」

「いいえ、何もなかったそうです」

「やれやれ、とんだくたびれ儲《もう》けだ。……だが、おめえの昨夜の話では、長丸は何やら相手に見当がついたような口ぶりだったそうじゃないか」

「わたしもそう聞きましたが」

と蔦吉は眼を伏せた。

「でも、やっぱり違ったんでございましょうね」

「素人の探索は、それだから心細い」

と、惣兵衛も笑った。

「このぶんじゃ、おめえたちも髪飾りを諦《あきら》めなければならねえようだな。それとも、そんな悪い奴をどうしても探し出さんと気が済まねえというなら、おいらがほじくってやってもいいぜ」

「親分さん、もう髪飾りのことは諦めていますから、探索のほうはやめていただきとうございます。昨夜はわたしが早まって親分さんのところに駆けこんだので、長丸姐さんからひどく叱られました。あれほど親分がたには言わないでくれと言っていたのに、よけいなことをすると言われました。芸者の恥さらしになるから、誰にも知られたくないというのが長丸姐さんの一心です」

「やれやれ、おめえも長丸の身を案じたばかりに、間尺に合わねえ怒られかたをしたものだな」

「ほんとにそうでございます」

「おれも忙しい御用を抱えている身だ。おめえさんたちのほうで盗られたものを諦めるというなら、新口に手を出すこともねえ」

惣兵衛はそう言ったあと、ふと思いついたように訊いた。

「こんなことを訊くのは野暮の骨頂だが、長丸には旦那《だんな》がついているんだろうな？」

「うすうすは、そういう人がいるとは思っていますが、どこの誰とも分りません」

「おめえたちはお互い同士のことになると口が固《かて》え」

と惣兵衛は湯呑《ゆのみ》を猫板の上に置いた。

「別に長丸の旦那の名前を聞こうとは思わねえ。どういう商売の人か、おめえ、うすうす心当りはあるだろう？」

「こういう商売ですし、長丸姐さんもきれいですから、ひとりでいるとは思いません。でも、ほんとにどこの方だか知らないんです」

「そうか。まあ、いい。本人も無事に戻ったことだし、旦那の詮議《せんぎ》は、それくらいで勘弁してやろう」

と、惣兵衛は笑った。

五

それから二日ばかりは何ごともなかった。その間、惣兵衛は念のために子分の幸八《こうはち》を芝の貸衣裳屋井筒屋というのにやらせた。

「やっぱり長丸は井筒屋を訪ねて来ていました」

と、幸八は報告した。

「そこでは、そんな一件ものを貸出したおぼえはないと番頭が言いました。女の衣裳ならよく借手があるが、士《さむらい》のものはあんまり注文がないようですね。田舎芝居の衣裳なら別ですが」

「そうだろう。近ごろはお武家も不景気だ。わざわざ、あんな野暮ったいものを借りる者はあるめえ」

「貸衣裳屋でも、そんなことを言っていました。御家人あたりが困って、貸衣裳屋に買ってくれと持ちこむそうですが、借手がないから、みんな断わってるそうです。……親分、長丸などの芸者が騙《だま》されたのは、その悪御家人かもしれませんね」

「うむ、近ごろは御家人も金に困っているから、何をするかしれねえ」

「少し当ってみますかえ？」

「まあ、待て。髪飾りを盗られたのは気の毒だが、もう少し様子を見てみよう。それで、芝の井筒屋というのは同商売に同じ名前はないと言ったのか？」

「へえ、貸衣裳屋にはないが、質屋にそういう家があるかもしれないから、もう少し広く探してみろと長丸に教えたそうです。長丸は勢いこんで出て行ったといいます」

「女の執念は怖ろしいものだ。命より大事な髪飾りや着物を盗る盗人《ぬすっと》は、よっぽど罪が深え」

　と、惣兵衛も言った。

　蔦吉がこっそり頼みに来てから三日目の晩、惣兵衛は寝ているところを起された。戸を開けた女房が惣兵衛のところに戻った。

「おまえさん、いま、蔦吉さんところの男衆が駆けこんで来ましたよ」

「どうしたのだ？」

「蔦吉さんが怪我をしたそうです」

「なに、怪我だと？　怪我ならおれのところじゃねえ。医者のところに担ぎこめと言ってくれ」

「そうじゃないんです。お茶屋さんの帰りに、道端に待伏せていた男からいきなり肩を短刀で刺されたんだそうです」

「なに」

　と、惣兵衛は起き上った。彼の脳裏には、この前の髪飾りの一件がすぐに泛《うか》んだ。

「肩なら命には別条ねえな」

「擦《かす》り傷だそうです。でも、ことがことだけに、すぐここに報《し》らせてくれと蔦吉さんが言ったそうです」

　水商売は、とかく表向きになるのを嫌う。蔦吉が自身番にも訴えなかったのは、知り合いの惣兵衛に内密に処置してもらうためらしかった。

　惣兵衛が支度をして表へ出ると、蔦吉のところにいる四十ぐらいの男衆が腰かけもせず、格子戸のところにぼんやり立っていた。

「親分、夜分にすみません」

「蔦吉の傷は軽いのかえ？」

「はい、大したことはないようですが、悪い奴に刺されたので、とにかく親分さんのところに報らせてくれと蔦さんが申しますので」

「座敷の帰りだそうだが、蔦吉はひとりで歩いていたのかえ？」

「あいにくとわっちの迎えが遅かったので、あんなことになりました。なんでも、蔦さんが路地を歩いていると、いきなりうしろから尾《つ》けて来たらしい男に刺され、男はそのまま闇の中に逃げて行ったそうです」

惣兵衛はもっと訊きたかったが、男衆では話にならない。とにかく彼が待たせてある町駕籠《まちかご》に乗って、三味線堀の蔦吉の家に急いだ。

その蔦吉は蒲団の中に右の肩を下にして寝ていた。

「まあ、親分さん、すみません」

「えらい災難だったそうだな。おっと、そのまま寝ているがいい」

「いいえ、ほかには別条ありませんから」

蔦吉は蒲団の上に起き上った。それでも、左の肩を痛そうにいたわっていた。着物がそこだけふくれているのは、繃帯《ほうたい》を巻いているらしい。近所の医者を呼んで応急手当をしてもらったが、傷は意外と浅く、五、六日もしたらきれいになるだろうと彼女も話した。

「そいつは何よりだ。おめえも髪飾りを盗《と》られたり、わけの分らねえ男に短刀でやられたりして運が悪いな。この次は、その埋合わせに、きっといい色男が現われるかもしれねえぜ」

「ご冗談を……わたしは、刺されたときは焼け火箸《ひばし》を当てられたような気がして、ほんとに自分が短刀で刺されたかどうか分らなかったんです」

「相手の男は、どんな面だった？」

「顔なんざ見られやしません。なにしろ、頭からすっぽり半纏《はんてん》のようなものをかぶっておりましたから」

「なに、半纏だと？　なるほど、それじゃ、達磨《だるま》みてえな恰好《かっこう》だったな。達磨なら下がまるいが、その男の脚はどうだったえ？」

「尻《しり》をからげていたように思います」

着物の尻をからげ、頭から半纏をすっぽりかぶっている男――惣兵衛は、その姿を想像した。それは蔦吉に顔を見られては具合の悪い男かもしれない。すると、顔見知りの人間だということになる。

「そのほか気づいたことはないかえ？」

「はい、親分さんにそう訊《たず》ねられて思い出しましたが、あたりは真暗でしたが、やっぱり脚は見えました」

「暗がりの中に脚が見えたんだな」

　惣兵衛は何ごとか思い当ってうなずいた。

「おめえを刺すときに相手の男は何か声をかけなかったかえ？」

「いいえ、何にも言いません。いきなりですから、当座はわけが分りませんでした。親分さん、わたしは誰からも恨まれることはありません。でも、人をうしろから尾けてきて刺したのですから人違いではありません。きっとわたしを初めから目指してやったことです。どうか下手人を探して下さい」

「こんなことを訊《き》くと笑われるかもしれねえが、仕事の手前だ。おめえ、いい男を両手で操っていたんじゃねえか？」

「そんな浮いたことはありません。これでも堅いんですから」

「怒っちゃいけねえ。それならそれでいいんだ。髪飾りのことで来たかと思うと、今度は刃傷沙汰《にんじょうざた》だ。おれもおめえのために、どうやらきりきり舞いしそうだな」

「ほんとにすみません」

「よしよし、今夜はこの通り、もう遅いから何もすることはできねえ。明日になって探索にかかるとする」

「でも、親分さん、どうぞ、こんなことはご内聞に願います。もし、世間に知れたら、みんなが迷惑しますから、ただこっそりと相手の男を突き止めて下さればいいんです」

「人気稼業も、こうなると辛《つれ》えな」

六

惣兵衛が午《ひる》すぎ家にいると、幸八が戻ってきた。

「親分、蔦吉が襲われたという現場を見て来ましたよ」

幸八は上りこんだ。

「朝からご苦労だったな。一応はそこも見届けておかねばならなかったのだ。で、どうだった?」

「蔦吉の狂言でも何でもありません。やっぱりそこのところに血が落ちていました。ただ、少のうござんすから、人通りも少ないところだし、誰も気づいていないようです。犬みてえですが、わっちは、その上に土をかけて来ましたよ」

「そこには誰が案内したのだ？」

「蔦吉です。肩が痛いのに、よっぽど口惜しかったんですね、ちゃんとついて来ましたよ」

「そうか。やっぱり女の執念は怕《こわ》いな」

「ところで、親分」

と、幸八は懐ろから折りたたんだ鼻紙を出した。そのひろげたのを惣兵衛がのぞきこむと、三分ばかりの長さの藁屑《わらくず》が載っていた。

「現場に落ちていたのを拾って来たんです」

幸八は説明した。

「こいつが昨夜の一件に関りがあるかどうか分りませんが、とにかく、これだけが落ちていたので拾って来ました」

「うむ」

惣兵衛もしげしげと、その短い藁屑に見入った。

「ほかには屑は落ちてなかったかえ」

「へえ、これだけでした。親分、何でしょうね？」

「ただそれだけでは判じものだな」

「やっぱり昨夜蔦吉を刺した男についていたものでしょうか？」

「男か」

と、惣兵衛が擽《くすぐ》ったそうな顔をした。

「何ですかえ？」

「幸八、おれはおめえに蔦吉が言った通りを教えてやったはずだ。蔦吉が襲われたところは暗い路地だ。おれが腰の下はどうだったかと訊いたとき、蔦吉は二本の脚を見たという。どうだ、暗《くれ》え中で二本の脚が見えたら、こいつは色の白い人間に違《ちげ》えねえ」

幸八は考えていたがあっと言うように、

「親分、おめえさんは、そいつを女だと考えているんですね？」

「女かどうかは分らねえが、男にすれば、女のような優男《やさおとこ》……役者みてえな野郎かもしれねえな」

「はてね、女だとすると、蔦吉によっぽど恨みを持った者でしょうね」

「幸八、実はおめえの話を聞いて、いま、それに思い当ったのだ。おめえ、これから長丸のところに行って、あの女がどうしているか、ちょっと見て来てくれ」

「長丸ですって？」

と、幸八は眼をまるくした。

「あの女が下手人だというのですかえ？」

「下手人だかどうだか、まだ分らねえ。とにかく、一応長丸の様子を見てみるのだ」

「ですが、親分、長丸だとすると、どうして蔦吉を傷つけるわけがあるんでしょうね？　長丸は蔦吉やそのほかの朋輩《ほうばい》といっしょに髪飾りを盗られ、その詮索《せんさく》に必死になっていましたよ」

「物事は、初めのうちは辻褄《つじつま》が合わねえものだ。そのうちだんだんと、どこかで合うように出来ている。ここで考えてもはじまらねえ。とにかく行ってこい」

幸八も惣兵衛の言葉で何か合点するものがあったらしかった。彼はすぐに出て行った。

惣兵衛が昼飯を食べ、八丁堀《はっちょうぼり》の旦那《だんな》衆のところに顔を出そうか出すまいかと思案しているとき、幸八が戻ってきた。

「親分はやっぱり眼が高《たけ》え」

と、幸八は報告した。

「長丸の奴は昨夜から家に居ないそうです。置屋でもどうしたのかと心配して、みんな蒼《あお》くなっています。なにしろ、商売のほうを休み、七ツ（午後四時）ごろから家を出て行ったそうですからね。そのとき、髪飾りの一件で、どうしても目鼻をつけてくると言って、えらい勢いだったそうです」

「長丸がそんなことを言ったのか」

惣兵衛は少し考えこんだ。なぜ、彼女はそう言明したのだろう。

「わっちもだんだん親分の考えが分ってきました。なるほど、長丸は臭《くせ》え。ほかの者はみんな寝こんだり、ぼんやりとしているのに、長丸だけがひとりで相手を突き止めると力んでいました。はたから見ればえらく気が強そうに見えますが、あんまり力みすぎているのが気に喰《く》わねえ」

「おれは、長丸が髪飾りの一件に関り合いがあると睨《にら》んでいる」

「その長丸が蔦吉を刺そうとしたのはどういうわけでしょうね」

「それは長丸をつかまえてみないと分らねえ。おれにも考えがねえでもねえが、まあ、おめえのほうでも思案してみろ」

「へえ」

「それよりも、その長丸を早くつかまえることだ。昨夜出たまま今まで帰らねえというのはただごとじゃねえ。幸八、早くしねえと長丸はどうなるか分らねえぞ」

「長丸が?」

と、幸八は惣兵衛の顔を見た。

「探すところといって、今のところ見当がつかねえ。親分、昨夜落ちていた藁屑も、あれは長丸の落したものですかね？」

「長丸は半纏《はんてん》を頭からすっぽりかぶっていた。顔を見られねえためもあるが、蔦吉の眼に男と映るようにしたかったのだろう。藁屑は、その着ているものから落ちたともいえるし、別なものとも思える。こいつはまだ分らねえ。だが、関り合いがあるとすれば、手づるにはなるかもしれねえな」

「……藁をも摑《つか》むというのは、これからはじまったのですかね」

「駄洒落《だじゃれ》を言うときじゃねえ。早《はえ》えところ長丸の在所《ありか》を見つけるのだ。……そうだ、この前蔦吉に訊《き》き損ったことがある。こうなれば、ぜひ、そいつを訊かなくちゃなるめえ」

惣兵衛がそう言ったとき、表から子分の権太《ごんた》が飛びこんで来た。

「おう、鮨屋《すしや》か」

幸八が声をかけた。権太は、その名前に因《ちな》んで鮨屋という渾名《あだな》があった。いうまでもなく、芝居の「義経千本桜」いがみの権太から来ている。

「幸八も来ているなら恰度《ちょうど》いい。親分、長丸は殺されましたぜ」

この報《し》らせは惣兵衛と幸八とを愕《おどろ》かせた。

「なに、長丸が殺された？」

と、幸八は急《せ》きこんで訊いた。

「一体、それはどこだ？」

「谷中《やなか》の空き寺でね。午《ひる》すぎに近所の者がのぞきこんで見つけたのだ」

「検視の旦那がたは見えているか？」

と、惣兵衛が訊いた。

「へえ。下谷は仁助《にすけ》親分の縄張ですから、旦那がたに従《つ》いて出張っておりました」

「うむ、仁助か」

と、惣兵衛は呟《つぶや》いたが、

「殺されたのが長丸なら、こっちのほうが因縁が深《ふけ》えかも分らねえ。仁助に話して、こっちに探索のほうを譲ってもらうこともできる。権太、長丸はどんな殺され方をしたかえ？」

「胸を抉《えぐ》られて、そのまま即死です。ただ、妙なことが一つありました」

「妙なことだと？」

「へえ。長丸は、どういうわけか、風呂敷《ふろしき》をしっかりと手に摑んでこと切れておりました」

「そうです。それも何の目印もなく、どこにもあるような、紺に唐草模様の染出しです」

「風呂敷だけかえ？」

「新しい風呂敷かえ？」

「いいえ、相当使い古しているようで……あっしの考えでは、その風呂敷で何かを包むようなつもりがあったんじゃないでしょうかね」

「殺《し》されてから、どのくらい経っていそうかえ？」

「死骸《がい》をみた仁助親分の目利きでは、昨夜《や》殺られたのじゃないかと言っています」

「下手人の手がかりは？」

「それが皆目まだ見つからないようで。どうします、親分？」

「おめえの話を聞いて、ここに落ちついてもいられめえ。よし、死骸は取片付けてるだろうが、その跡など見に行く。幸八、おめえもいっしょにこい。権太は案内役だ」

寺は谷中の藪《やぶ》の奥にあった。この辺は寺が多いので知られているが、長いこと無住とみえて荒れ放題になっている。夜は怕《こわ》いようなところに違いなかった。

もちろん、検視の役人も、土地の岡っ引も引揚げたあとで、あたりはしんと静まり返っていた。寺の多い通りの午下りは足音も珍しいくらいだった。権太が雨戸をはずした。これはわけなく動く。

三人は畳とは言えないような畳の敷いてある本堂の中に入った。仏壇も仏具もなく、寺だと聞かされないと、とんと少し大きい物置小屋同様だった。

「ひどい所に長丸は連れこまれたものだ」

雨戸が開け放してあるので、そっちのほうからの光線が流れていた。

「親分、ここです」

権太に注意されるまでもなく、まだ血が黒く不気味についていた。

「親分、蔦吉を刺したのは長丸だと思ったのに、その長丸がこんなことになったとすると、一体、下手人はどんな奴でござんしょうね。今度はほかの芸者ですかえ?」

「まさか芸者ばかりの立回りでもあるめえ。幸八、下谷の仁助が如才なくほじくったあとだが、まあ、その辺に何か落ちてないか探してみろ」

幸八と権太が眼を皿のようにしてその辺を匍《は》い回った。惣兵衛もその通りにしたが、このとき彼の眼にはささくれ立っている荒れ畳の上にちかりと白く光るものが入った。

惣兵衛は指先で拾い上げて掌に載せた。

「幸八、ちょいと見てみろ」

幸八と権太が寄ってきた。

「親分、こりゃ米粒ですね」

「そうだ。まだ籾殻《もみがら》に包まれたままだ」

「一件に関係があるんでしょうか？」

「何とも言えねえが、ここは見る通りの荒れ寺だ。時折り乞食《こじき》も入ってくるだろう。そいつらが飯を炊いたときに落したのかもしれねえ」

「米粒ではしようがありませんね。もし、一件に関りがあるとしたら、百姓かもしれませんね」

「うむ、百姓か」

惣兵衛はニヤリと笑った。

「もう、ここはこのくらいでいい」

惣兵衛は米粒を鼻紙に包んで袂《たもと》に入れた。

「これから下谷の仁助のところに行って様子を聞いた上、その風呂敷を持っていたら、ちっとばかり拝ましてもらおうじゃねえか」

惣兵衛は荒れ寺を出て下谷の静かな町を歩いていたが、急に立停った。

「おい、幸八」

「へえ」

「おめえ、これから蔵前《くらまえ》に行ってくれ」

「親分、蔵前ですかえ」

「うむ。向うの札差の傭人《ようにん》に一人、逃げている奴がいるかもしれねえ。聞きこみに回ってくれ。そうだ、仁助のところはおれがひとりで行くから、鮨屋も幸八に加勢してくれ」

七

「お話はこれまでです」

と、惣兵衛は向い合っている客に言った。

客というのは、四十七、八くらいの、色の黒い、顴骨《かんこつ》の尖《とが》った、貧弱な男である。名前は柴亭魚仙《さいていぎょせん》といって、まあ、戯作者《げさくしゃ》のはしくれだ。惣兵衛の近所に居るので、たびたび、ここに遊びに来ていた。面白い話だと、彼は丹念に手控えをする。むろん、次の戯作のタネにするつもりである。が、書くものは一向に売れない。

「いつもの悪い癖ですな」

と、魚仙は惣兵衛の顔を見た。

「そこで話の腰を折られては、せっかく身を乗り出したのに恰好《かっこう》がつかない。あとはどうなりましたかえ？」

「あなたは戯作者だから、たいてい想像はつくでしょう」

惣兵衛は長火鉢の前で焦らすように莨《たばこ》を吸った。

「それで、蔵前の札差を洗って、逃げた男がいましたかえ？」

「いました。村雨屋《むらさめや》太吉《たきち》という札差の傭人で久助《きゅうすけ》という奴でした。こいつは甲州《こうしゅう》の生れで、はじめから村雨屋に奉公したのではなく、いわば流れ者で、米俵の運搬をしていた人夫です。生来、口がうまいので、だんだん主人の太吉に取入って可愛がられたのですね」

「藁屑《わらくず》と米粒一つで蔵前と見当をおつけなさった、あなたの眼力はさすがだ。藁は、米俵の屑が半纏の中に入っていて、こぼれたのですな」

「そう賞《ほ》められては面映《おもはゆ》いが、米粒が見つからなかったら、あっしも米俵までは及びがつかなかったでしょう。ところが、藁屑のほうは一件ものでしたが、米粒は全く違っていました。あれは、あの空き寺に乞食が入りこんだとき落して行ったのです。それが残っていてあっしのカンの助けになったのは、悪人にとって運の尽きだったわけですね」

「どうもまだよく分らねえが、芸者の長丸は何で、空き寺で風呂敷《ふろしき》を摑《つか》んで殺されたのですかえ？」

「風呂敷はものを包むものです。あっしは女たちの盗まれた髪飾りが、その風呂敷の中に入っていたと推察をつけました」

「どうも分らねえ。長丸がおかしいということは親分の話でだんだん分りかけてきたが、その札差の人夫とはどういう組合わせですかえ？」

「組合わせも何もない、ただ、久助という奴が悪心を起したから起ったことです」

「ははあ、分った。その村雨屋太吉という札差は長丸の旦那《だんな》だったわけですね？」

「ところが、大違い。太吉は蔦吉の旦那だったのです。それも大びらではなく内緒に隠していたので、あまり知られていませんでした。だが、ほかの芸者といっしょにちょくちょく蔦吉と座敷で逢《あ》ってはいました」

「待ってもらいてえ」

と、魚仙は首をかしげたが、

「ははあ、分った。じゃ、留守居役三人に化けたのは、その札差仲間ですね？」

「あなたは察しがいい」

と、惣兵衛は言った。

「その通りです。ですが、蔦吉の旦那の村雨屋太吉はほかの芸者にも顔馴染《なじみ》がある。だから、太吉が留守居役に化けたのではないのです」

惣兵衛は話し出した。

「あなたもご承知のように、近ごろの札差は金ばかり儲《もう》かって、もう遊びには飽いています。何か面白いことはないかと、寄り寄り集っては相談していましたが、そのうち同じ札差仲間の和泉屋次郎兵衛《いずみやじろべえ》というのがぽんと手を拍《う》って、いい考えがあると言い出したんですね。それは、近ごろの士《さむらい》はもう抵当に入れる扶持米《ふちまい》も無くなっていたので、衣類を取ってくれと持ちかける者が出て来たのですな。まあ、士といえば、鎧《よろい》櫃《びつ》や槍《やり》、刀が金目になりますが、さすがにこれだけは最後に手放すとみえ、当座はまず不用の衣類かららしいのです」

「その和泉屋が抵当として受けた士の衣裳《いしょう》を仲間の連中が着込んで、俄《にわか》留守居役に化けたわけですな？」

「つまり、留守居役が大そう威張っている。札差仲間といえば、柳橋あたりで舟遊びや茶屋遊びをしますが、いくら金を持っていても、そこは身分の違う各藩の留守居役の威勢には及びません。そいつをかねがね羨《うらやま》しくも嫉《ねた》ましくも思っていたものですから、この思いつきになったのです」

「それにしても、芸者の頭のものや衣裳を盗《と》ってゆくのは、ちと悪ふざけがひどすぎましたね」

「そうです、そうです。そこが遊びに飽いた連中の行きすぎでしょう。ところが、はじめはおどかすつもりでやったのですが、五日ぐらい経って、そいつをこっそり芸者衆に戻すつもりだったんです」

「じゃ、その相談にあずかったのが長丸なんですね？」

「長丸も蔦吉といっしょに村雨屋太吉の座敷に出ていましたから、太吉は長丸も知っていたわけです。普通なら、自分の女の蔦吉に打明けるところですが、何ぶん、蔦吉は根がおとなしいから、そんな悪戯《いたずら》の片棒を担ぐはずはありません。そこで、少し芝居気の多い長丸に眼をつけたわけですね。長丸も面白がって、留守居役に化けた三人の札差仲間と芝居を打ちました。だが、ほかの同輩の手前、やっぱり心が咎《とが》めるので、自分ひとりで下手人を探し出してみせると、あんなふうに力んだわけです」

「なるほど。そこがちっとばかり親分にはおかしく映ったわけですね？」

「そうです。長丸はそれだけでは安心ができず、前もって例の㊤の符牒《ふちょう》を袴《はかま》の腰板につけて、あとの絵解きの糸口にしたわけですね。井筒屋を探して歩いたのも念入りな芝居です」

「その長丸がなぜ蔦吉を刺したのですか？」

「今も言う通り、芸者の衣裳や髪飾りは、四、五日してこっそり持主のもとに返すつもりだったんです。ところが、蔦吉があっしのところに駆けこんで来たものですから、もうあとの芝居がしにくくなったわけですな」

「けど、蔦吉は長丸の身を心配して親分のところへ相談に行ったのでしょう」

「そうなんですが、長丸としてはそうは思いません。蔦吉があっしのところに訴えて来たというのを長丸の口から聞いた蔵前の旦那衆三人も俄かに顔色を変えました。こいつが表沙汰《おもてざた》になれば縄つきになる。店の信用がガタ落ちになる。札差の鑑札も取上げられるかも分りません。長丸も自分の責任だけにひどく悩みました。こうなったのも蔦吉がよけいなことをしたからだと、そこは根が単純な長丸ですから、蔦吉憎さに、村雨屋から借りた半纏《はんてん》を頭にかぶり、男のようななりで肩を刺したのです。そのとき、俵の藁屑がこぼれ落ちたのですね。長丸は蔦吉を殺すつもりはなかったので、それとなしに懲《こら》しめの意味だったのですな」

「それからどうなりました？」

「長丸からその報《し》らせを受けた村雨屋太吉も愕《おどろ》きました。もう一刻も芸者から盗《と》ったものを手もとに置いておくわけには参りません。といって、土に埋めたり焼いたりする度胸もなかったのです。そこで、長丸に一件のものを全部渡して、できるだけ穏便にしようと計ったわけですな。ところが、留守居役に化けた札差は三人ですから、いちいち、それを回収して回らねばなりません。その役が留守居役の供をして中間に化けた久助です。こいつは挟箱を持っていたわけです」

「なるほど」

「久助は太吉から任せられたが、さあ、今度は芸者の髪飾りとはいえ、みんな金目のものばかりですから、欲が出てきたわけです。久助はどう言って長丸を騙《だま》したか分りませんが、一部の品は別のところに隠してある。それは自分が預っているから、一緒にこいと、あの谷中の空き寺まで長丸を誘ったわけですね。長丸も気が動顚《どうてん》していますから、うっかり、その口車に乗ったのです」

「で、その久助はどうなりました？」

「こいつは長丸を殺して髪飾りを奪ったのですが、そのとき長丸が死んだまま風呂敷をどうしても放さないので怕《こわ》くなり、衣類は荒れ寺の床下に抛《ほう》り投げ、髪飾りだけ懐ろに入れて逃げました。ところが、悪いことはできねえもので、内藤新宿の大木戸のところで、その一つが懐ろからのぞいていたのですな。そいつを見咎《みとが》められて御用になりました。……まあ、あっしの手で縛れなかったのは残念ですが、どちらにしても久助が召捕られたのは仕合せでした」

「近ごろの札差の遊び方は眼に余るからね」

　と、戯作者《げさくしゃ》は首を振った。

「一方では貧乏人が食べられなくて苦しんでいる。一方ではあらゆる遊びをし尽して、もう、することもなく退屈している人間がいる。どうも、この一件は、世の中のでこぼこを映していますな」

「どうです、先生、これを種に何か書きますかえ？」

　と、惣兵衛は笑った。

「うむ」

　戯作者は腕組みしたが、彼の胸には、筋の組立てよりも「都鳥啼墨田髪飾《みやこどりなくすみだのかみかざり》」という題名が先に泛《うか》んだ。題名だけが先に出るのがこの戯作者の悪い癖で、いつも筋はおろそかになっている。

破談変異

一

〽ただ草枕とおぼしめせ。しかもこよいは照りもせず、曇りもやらぬ春の夜の、おぼろ月よにしく物もなきあまのとま。やしまにたてる高松の、苫《とま》の筵《むしろ》はいたわしや——。

江戸城中、二の丸殿《でん》にしつらえた舞台では、京より四座の能役者を呼びくだして、舞わせていた。寛永《かんえい》五年の春のことである。

曲は家光《いえみつ》の好きな〝八嶋《やしま》〟であった。

家光は正面の座から身体を前にのりだすようにして観《み》ていた。左右には酒井忠勝《ただかつ》、松平信綱《のぶつな》、堀田正盛《ほったまさもり》、阿部正次《あべまさつぐ》、阿部忠秋《ただあき》などの老臣が居ながれている。

少しはなれて奥女中どもが花のようにかたまって見物していた。家光と不仲な御台所《みだいどころ》は微恙《びよう》を言いたてて今日も顔を見せなかった。そのかわり、女たちの中央に六十近い老婆がすわった。白い髪と深い皺《しわ》はあるが、眼は男のように勝気に光っている。家光の乳人春日局《めのとかすがのつぼね》であることは一眼で知れた。

この日は在府の大名をはじめ、老中、若年寄、目付、役付の旗本など、その家族とともに陪観をゆるした。だから、たいそうな人数である。色とりどりの色彩が撒《ま》かれたようであった。

かつて、天正《てんしょう》十八年、家康が開府早々に四座の猿楽師《さるがくし》をよんで城内で興行したことがある。この時は江戸の諸人にも見せた。

家光の今度のこの催《もよお》しは、それにならったわけではないが、諸臣の家族を呼んで観せたところは、多少それにちかい。

が、見物の人数は多くても、水を打ったようにしずまって声もない。咳《しわぶき》一つするのもはばかっている。その上を謡《うた》う声と、冴《さ》えた小鼓《こつづみ》の音が流れていく。

〽景清《かげきよ》追いかけ三保《みほ》の谷《や》が、着たる甲《かぶと》の錣《しころ》をつかんで、うしろへ引けば三保の谷も、身をのがれんと前へゆく、互いにえいやと、引くちからに、鉢付けの板より、引きちぎって――

シテの語《かたり》は錣引きの段で、一同の眼は舞台に吸いついている。

目付豊島刑部《としまぎょうぶ》は、ふとその眼を動かした。舞の型に動きのあるところだが、刑部は意識しない疲れを感じたのか、視線をはずした。

そのまま彼はなんということなしに脇見《わきみ》をしたが、もとより長い時間ではない。すぐに眼を舞台に戻した。

しかし今の一瞥《いちべつ》で彼の瞳《ひとみ》は、大勢の中から若い女の顔を捉《とら》えていた。それが残像のように眼の先にのこっている。

(はて、主計頭《かずえのかみ》にあんな佳《よ》い女《むすめ》がいたか)

と、刑部は思った。

その女の側にかねて見知りの老中井上主計頭正就《まさなり》の横顔があったから、あれは正就の女《むすめ》に違いない。十六か、七の、細い面《おもて》の美しい少女であった。

刑部は眼を舞台に放っていたが、その女のことが頭から離れない。彼は齢《よわい》五十に近いから色恋ではなかった。じつは、この間から依頼されている縁談のことを思いだしたのである。

刑部の相役に島田越前守《えちぜんのかみ》という者がいる。その息子が今年十九歳になった。その若者によい嫁はないものかと、親の越前守から刑部は何かのときに頼まれていたのであった。

(あれなら、よい嫁じゃ。主計頭の女《むすめ》なら申し分ない)

刑部は、そっと能から眼を逸《そ》らして、また脇見をした。さっきの女は黒い瞳《め》を一心に舞台に向けて、端正な色の白い横顔を見せている。刑部はいよいよ気に入った。

(主計頭の女《むすめ》じゃから申し分はないが、承知するかな)

彼はここで主計頭と島田越前守との身分の格式が違っていることに思いあたった。井上は遠州横須賀《えんしゅうよこすか》の城主で五万二千五百石である。島田は四千石の旗本にすぎない。

しかし、これくらいの家柄の違いで縁組みのまとまった例は、いくらでもある。このまま見送るのはいかにも惜しい。なんとかしてあの女を越前の息子に娶《めあわ》せたかった。

刑部は三河《みかわ》生まれで、いわゆる三河気質《かたぎ》の持主である。彼はその一徹《いってつ》な気性から、強引にあの女を井上正就から申し受けようと決心した。

ところが、このとき、もう一人、井上主計頭の女に眼をつけた人間がいた。春日局である。

春日はあの強い瞳を井上の女の横顔にふと据えると、左右の女中の一人に、

「誰であろう?」

というように、そっときかせたようだった。

やがてその返事がくると、春日は白髪の頭をわずかにうなずかせ、もう一度、視線を女《むすめ》の方へ遠くから注いだ。

こういう中にも、能舞は何事もなく進んでいた。

二

目付豊島刑部は相役の島田越前守とことさらに昵懇《じっこん》であった。城中で公務の上の話しあいがすむと、少し軽能の舞があって二、三日の後である。

い気持になって二人はお坊主のくんできた茶をすすった。

その時、刑部が少し声を低めて言いだした。

「ときに、先日、お手前からご子息のご縁組みについてお話をうけたまわったが、過日、心当たりの婦人を見つけ申した」

島田はそれを聞くと、両手に茶碗《ちゃわん》を抱えたまま眼を細めて微笑した。

「それはお心づかいでござった。貴殿のお鑑定《めがね》なら倅《せがれ》の嫁として申し分あるまい。それで、娘ごはどちらの方かな？」

「されば先日、ご城内で猿楽の催しがあったさい、初めて見うけたが、ご老中井上主計頭の娘ごでござる」

「ご老中の――」

と言って、島田は言葉をのんで首を傾けた。

「それは、ちと、身分が合わぬようじゃ。豊島殿、これはむずかしかろう？」

「それは拙者《せっしゃ》も、いちおうは考えたが、例のないことではない。大名と申しても五万石じゃ。四千石の旗本に女《むすめ》をくれたとて、つりあわぬ縁ではない。それに、お手前の父《てて》ごは権現《ごんげん》さまお働きの時から従っていた三河譜代の家柄なれば、卑下することはあるまい」

「さようであろうか」

と、島田は心細い顔をした。

「よい娘ごじゃ。あれほどのものを、知らぬ他家にとられるのは惜しい」

と、刑部はほめた。

「井上殿とはお役目の上からおたがい顔見知りである。近日、拙者より話してみるが、お手前にご異存はないかな？」

「願ってもなき縁談《はなし》でござる。まとまるものならば、ぜひまとめていただきたい。万事、貴殿にお任せ申します」

と、島田越前守は頭を下げた。

それから四、五日たった。

豊島刑部は井上主計頭と城中で会った。老中と目付とでは何かと連絡事務が多かった。

「さて、主計頭殿」

と、刑部は切りだした。午後遅い夕刻近くで、幸い御用部屋は井上正就一人を残しただけで他の老中はいなかった。

「卒爾《そつじ》ながらおたずね申しあげたい。先日、お能の御催《おんもよお》しのさい、貴殿と並んでご見物なされたお若いご婦人は、ご息女でござりますかな？」

井上正就は柔和な笑《え》みをこぼして、表情のある眼になった。

「これはお恥ずかしきものがお眼にとまって恐れ入った。いかにも不束《ふつつか》ながら某《それがし》の娘でござる」

「それは、それは。つぎにははなはだ無躾《ぶしつけ》にて申しわけなき儀でござるが、ご息女にはすでにいずれさまかとご縁辺《えんぺん》をお結びのお約束でもあられましょうか？」

正就は刑部の顔を見て、笑いながら首を振った。

「拙者には、四人の女子《おなご》がおりましてな。彼女《あれ》は末の娘で、未《いま》ださような話はありませぬ」

刑部はその言葉を聞くと、肩を落として、安心したような顔をした。

「立ち入ったことをおたずね申してご容赦《ようしゃ》願いたい。じつは手前の存じよりの者に一人の子息がござります。ご息女をお見かけ申しました時に、これは二つとなきよきご縁かなと思いましたので、貴殿にははなはだ失礼ながら、先方に申しましたところ、格別のよろこびにて、ぜひまとまる縁ならば、まとめてくれるよう申すので、お伺いいたしたわけでござる。いかがなものでござりましょうか？」

正就は笑《え》んで、

「して、先《さき》さまはどなたで？」

ときいた。

豊島は一膝《ひとひざ》すすめて言った。

「じつは、相役島田越前守の子息でござりますが」

「なに、島田越前殿――」

と言って、井上正就は唇《くちびる》の笑いを消した。

「ははあ、いけませぬか」

と、刑部は井上の顔を見た。

「豊島殿」

と、主計頭正就は言った。

「せっかくながら、このお話はお見送り願いたい」

「はて、先方の島田越前が貴殿の御意《ぎょい》にめしませぬかな？」

と、刑部は不満を抑《おさ》えた声できいた。

「いやいや、決してさような儀ではござらぬ。拙者にいささか存じよりの仔細《しさい》があって、このお話は承らぬことにいたしたい」

「主計頭殿」

と、刑部はやや改まったように呼んだ。

「ご貴殿がさように仰せらるるのは、島田はわずか四千石の小身者、五万二千五百石の大名の家格とはご縁がつりあわぬとの思召《おぼしめ》しでござりましょうか？」

三

豊島刑部信満《のぶみつ》は一徹《いってつ》な男として聞こえが高かった。いったい三河者は偏屈《へんくつ》な者が多い。彼らの祖は家康の父の広忠《ひろただ》時代から辛酸《しんさん》をなめてきている。家康が人質として織田や今川方に拉致《らち》し去られた長い間、彼らは主《あるじ》のない三河で、今川方の奴隷として血の出るような苦労を経てきたものであった。

しかるに、家康が天下をとると、彼らの多くは旗本として二千石、三千石の禄《ろく》を給されて顧みられなくなった。じつは、時代が彼らのような太刀先の功名や槍先《やりさき》の手柄をもはや必要としなくなったのである。

必要なのは、土井利勝《どいとしかつ》や松平信綱のような政治家であった。三河者の旗本がたいていひねくれたのは、無用物になりさがった屈辱感と憤懣《ふんまん》からである。大久保彦左衛門《ひこざえもん》の『三河物語』はその不平をぶちまけた書き物だ。

さて豊島刑部も、その三河者らしいかたくなな性格であった。井上正就はそれをよく知っている。それで刑部に、縁談が不承なのは家柄の相違からか、と絡《から》まれると自分の立場を説明しなければならなかった。――たいていの縁談なら、相手が断わったのに、その理由を開きなおってきく者もないだろうに、そこが三河者の刑部は違っていた。

井上正就は、刑部に対してこう説明した。

「いや、決してさような存じよりからではない。じつは、見らるるとおり拙者は老中職をつとめている。貴殿はお目付役をなされている。また先《さき》さまの島田殿もお目付である。いわばおたがい三人ともお役中の身じゃ。しかるに貴殿のお取りもちで、島田殿と娘の縁辺がととのったとあっては、後日、お役中に何事かあったように思惑《おもわく》されぬでもござらぬ。また、お役の手前、何かにつけて、縁辺ゆえにかような計らいなどと妙なことを人から言わるるも心苦しとぞんじ、せっかくながら、お断わり申したわけでござる」

豊島刑部は、それを聞くと言った。

「ご貴殿のご潔癖はまことに感じ入りました。さりながら、世に申す瓜田《かでん》の沓《くつ》も、われらの間にては行きすぎの遠慮、お役中といえども、なんらやましきことはない以上、さようなご配慮は無用かとぞんじまする。主計頭殿、不束な拙者の取りもちなれど、これはしごくなご良縁かとぞんじますが」

「お志、千万かたじけない」

と、正就はまず礼を言った。

「お言葉を承れば、まことにごもっとも。拙者においても今少し勘考つかまつりたい」

刑部は即答をしない正就に少し不満そうだったが、その日はまずそれでいったん別れた。

ところが刑部の催促はそれからたびたびである。正就はいろいろ考えたが、さして悪い縁談でもないので、それを承諾する気になった。

いったい、井上正就という人物は誠実な男である。彼の母は秀忠の乳母であった。だから秀忠の幼時から彼も城中で育った。元和《げんな》元年には主計頭となり、大坂両度の合戦に従い、三年には宿老の職に任じ、御書院番頭を兼ねた。八年には遠州横須賀の城主となり五万二千五百石をうけた。

彼の人柄を見込んで秀忠が駿府《すんぷ》の大御所家康のもとにやった。家康は彼を相手に毎日いろいろな話をした。それを永井尚政《なおまさ》が筆記したのが、『東照宮御遺訓』である。彼は少しのケレンのない堅実な男であった。

正就はついに刑部の申し出を承知した。

「さほどまでに申さるるうえは、なんの異議を申そうや、よろしくお願いつかまつる」

と、刑部に頼み入った。

刑部のよろこびはひとかたでない。彼は満足そうな笑《え》みを顔いっぱいにひろげて、

「それでこそ手前の心がいがありました。島田殿もどのように喜ぶかわかりませぬ」

と、一礼をした。

刑部も島田越前守にこれを報告した。島田もはたしてたいそうな喜びようであった。

縁談はめでたくまとまって、輿《こし》入れの打ちあわせまですすむかに見えた。——

しかし、ある日のこと、正就のもとへ春日局から使いがあって、

「お話ししたき儀あり、お目にかかりたい」

と言ってきた。

大奥における春日局の権勢《けんせい》は比類がなかった。彼女は家光の乳母というだけでなく、家光の母というにひとしい。家光の将軍継嗣《けいし》が確立したのは、彼女の働きであった。だから家光が老後の彼女に対する態度は、孝養をつくすといったふうがあった。

勝気な気性で、明智《あけち》の勇将斎藤内蔵介《くらのすけ》の女《むすめ》であった。大奥に乳母として上がったのは、夫の稲葉正成《いなばまさなり》が女中に手をつけたので、それを怒って夫と子を捨て去ったのだ。

ただ大奥の主宰というだけでなく、その勢力は幕閣も恐れさせた。幕府の使いで上洛《じょうらく》したときなど朝廷を恫喝《どうかつ》している。

その春日局から、会いたい、と使いが来たので、井上正就はあわただしく春日のもとに参上した。

四

「お呼びしたのは、余のことではありませぬ」

と、春日局は手ずから茶をたててくれた。白髪が絹糸のように光っていた。ゆれるような微笑が頰にのぼっている。

「あなたに娘ごがありましたな。この間、猿楽を観《み》せていただきましたが、その時にお見うけしました」

正就は茶碗《ちゃわん》を戻したところであった。

「不束者《ふつつかもの》がお眼に止まりました」

と、彼は頭を下げた。

「なんの、よい女子《おなご》じゃ。半九郎どのには過ぎものじゃな」

半九郎は正就の幼名だった。そう呼ぶところにも、春日が老中でも子供扱いにしている尊大さがあった。それは老中筆頭の土井利勝が彼女の養い子である意識からもきていた。

「この婆《ばば》がよい縁組みを見つけた。世話して進ぜようぞ」

正就は心中で狼狽《ろうばい》した。彼が言葉にとまどっていると、春日はつづけた。

「先方は羽州《うしゅう》山形城主鳥居《とりい》左京亮《さきょうのすけ》忠政《ただまさ》の舎弟土佐守《とさのかみ》成次《しげつぐ》です。どうじゃ、三国一の花婿であろうが」

と言って笑った。

正就は額《ひたい》に汗を滲《にじ》みだして進み出た。

「ありがたきお言葉、なんとも恐れ入りました。さりながら、じつは、娘の儀は縁組みがすでに定まりおりまして」

「なに、決まっていると？」

と、局《つぼね》はきっとなった顔を向けた。

「はっ。つい、先日」

と、正就は思わず低頭した。

間《ま》の悪い、気まずい沈黙が流れた。正就はいよいよ汗が出る思いだった。その頭の上に春日の笑いが響いた。

「ははははは、この婆がなんとしたことぞ、それを確かめずに世話しようとしたは、年寄りのひとり合点《がてん》。半九郎どの。許してたも」

「なかなか、もちまして」

と、正就はさらに平伏した。

「それで、先方は誰じゃ？」

と、ややあって局はきいた。

「は、お目付豊島刑部の取持にて、同じく島田越前守の倅《せがれ》と縁組みととのいましてござります」

と、正就はこたえた。すると、春日局が、きらりと強い眼《きつ》を光らせた。

「これ、半九郎どの。それはやめてほしい」

彼女は硬《かた》い声になって言った。正就は驚いた。なんとも言いようがないから、黙って彼女の次の言葉を待った。

「その縁組みは決まったとはいえ、まだ上さまのお聴《き》きに達してないから、ただ私ごとの談合です」

春日は断定した。それから彼女は説ききかせるように言った。

「わたしが言うことは格別です。なぜにというに、わたしの言う先方の鳥居土佐守は伏見《ふしみ》城にて慶長《けいちょう》五年に討死した彦左衛門元忠《もとただ》の次男に当たる。それそれ元忠の討死は、当時ご家人《けにん》中にありて第一の忠死なることは、誰も知ってのとおりじゃ」

関ヶ原役《せきがはらのえき》の少し前、当時大坂に在《あ》った家康は上杉征伐のために東下することになった。彼の留守中、石田三成《みつなり》が上杉と呼応《こおう》して旗を揚げることはわかりきっている。その時、たちまち攻撃されるであろう徳川方の城は京の伏見城であった。老城将鳥居元忠、天下分け目の戦いなれば、手兵は多く持ち候《そうら》え、と増援を断わって、ついにわずかな守備兵とともにここで討死した。家康がその忠死を聞いて涙を流し、鳥居家に対しては特に懇《ねんごろ》なのは、誰知らぬ者もなかった。

「さればこそ上さまにも格別に鳥居の家を思召《おぼしめ》さるるものから、かの土佐守の縁組みについてもわれらに内々に仰せられしご旨もありました。このたび、あなたの娘ごとの縁組みはまたとない良縁とぞんじて、じつは大御所さまにも申しあげたところ、たいそうなご満足であった。されば上《かみ》のお聴きにも達したるうえは、もはや、私《わたくし》にして私ごとではない。目付島田越前との縁談は打ちきっても苦しゅうあるまい」

春日の言葉には一種の威圧があった。それに嘘か真実かわからぬが、大御所とか上さまとかいう言葉が出ては、正就は頭を上げることができなかった。

生来、春日局は世話好きである。かねてから彼女は大名衆の娘の年ごろから容貌《ようぼう》までよく憶《おぼ》えていて、まだ縁談の決まらぬ小姓《こしょう》や侍臣に世話をした。権勢第一の春日の取りもちとあって、ほとんど成立しない縁談はなかった。

彼女は正就の女《むすめ》と鳥居家の縁組みをいったん思いたった以上、是が非でも実現せねば気がすまなかった。

正就も、春日局の強引な世話をはねかえすことができなかった。

五

正就は苦慮した。

豊島刑部になんといって断わってよいか、理由に迷った。

ともかくも、彼は刑部のもとへ使者をやった。

「せんだって娘の縁辺の儀について、お手前のお取りもちにお任せいたしましたが、いささか別に存ずる仔細《しさい》があれば、まずはご破談におよび申しとうぞんじます」

刑部はこの口上を聞くと顔色を変えた。彼はその使いの者に言った。

「これは存じもよらぬ仰せである。なるほど主計頭殿にはご存じよりの儀ありとて、いったんはお断わりなされたことは、手前もたしかに承った。しかしおして申しあげたところ、主計殿にはご心中を打ち割って仰せくだされたゆえ、その儀ならばなんのご遠慮あるべきと重ねて申しあげた。その節、主計殿には、さようならばとてご同心くだされたのに、またもや今ごろ、お断わりなされるのは、いかなるご心底であるか、きっと承りとうぞんずる」

使いの復命を聞いて正就も窮《きゅう》した。まさか春日局から話があったから断わるという理由は言えなかった。彼は、ただ、あやまるほかはないと思った。

正就はふたたび、豊島刑部のところへ、いんぎんな使者をやった。

「そこもとの仰せの趣きは、いちいちもっとも至極《しごく》にぞんじまする。さりながら手前の心底はなんの儀もござりませぬゆえ、改めて申しあげようもござりませぬ。なにとぞ、縁約の儀はご縁なきものと思召して、ご容赦願いとうぞんじまする」

刑部はその言葉をじっと聞いた。井上正就はただ破談を申し入れるだけで格別の理由を示さない。彼の気持がどういうことなのかわからないが、何か隠された理由がありそうである。しかし先方がそう言う以上、今、それを詰問しても詮《せん》ないことだと思った。

「仔細を申されぬとあっては、このうえ、われらが何ほど申しても仰せきかせあるまい。詮ずるところは、縁約の破談であるから、この儀は早々に島田越前守に申し談じて、ご返答を申しあげるでござろう」

と言った。使者は何度も頭を下げて帰っていった。

刑部はその日のうちに島田越前守の邸《やしき》に赴《おもむ》いた。

「なんとも申しわけのないことになった」

と、刑部は島田の顔を見るとあやまった。彼は井上正就が縁約の破談を申し入れてきたことを逐一《ちくいち》話した。

「主計の心底はわからぬながら、ともかく、かようなしだいである。間に立った拙者は貴殿に対してまことに面目もない」

島田越前守はおだやかに微笑を浮かべた。

「なんの、そのご斟酌《しんしゃく》には及ばぬところです。所詮《しょせん》、縁がなかったまでのこと、手前にはいささかも存念はない。かえって貴殿の厚いご配慮に対して、重々お礼を申しあげます。このたびのことは、なにとぞ、お心にかけてくださるな」

刑部は、

「そのお言葉にて、手前もいささか気が安まりました」

と言ったが、その気むずかしい表情は少しもなごんではいなかった。島田のほうが、かえってそれを気づかわしげに見やった。――

鳥居土佐守と井上主計頭の女《むすめ》との縁約が、春日局の肝煎《きもい》りでまとまったという風聞がひろまったのは、そのことがあって間もなくである。

豊島刑部はそれを耳にすると、おのれの血が逆《さか》さに流れるかと思った。

「主計め、今こそ化けの皮をあらわしおったな」

と歯ぎしりした。

「わしがはじめて島田との縁辺を申し入れた時、じつは、あいつは島田を小身者と侮《あなど》ったに相違ない。が、わしに見破られて、お役中はどうのこうのと言いのがれしたが、われそれをまたわしに見破られたので、仕方なく、いったんは承諾の様子を見せて、われらを欺《あざむ》き破談を申し張った。さればようやく島田に承諾させたるに、いまだその舌の根の乾かぬうちに鳥居の倅《せがれ》と縁を結んで、これ見よがしに世間に披露《ひろう》するとは、ご老中のお役を笠《かさ》に着て、人を人と思わぬ仕方、憎い振舞いじゃ。わしがなまじ取りもちしたばかりに島田越前守を主計に小身者と侮らせたからには、明日よりわしの面目が立たぬ。そればかりではない。島田越前親子《おやこ》とても、鳥居土佐守に見返られたとあっては、これも男が立つまい。このうえは主計頭に存念を晴らして、島田親子に申しわけをいたし、われらが一分も立てるであろう」

刑部は煮えかえるような肚《はら》の中で、こう決心をした。

六

寛永五年八月十日のことである。

目付豊島刑部は早くから登城して控えていた。彼は面《おもて》を伏せ、何事か思案するふうであったが、己《おの》れの血走った眼をもしや他人に気づかれはしないかとの心配であることは誰も知らない。お早いご出仕である、と会釈《えしやく》して通る者もあった。

一刻《いつとき》ばかり経《た》った。

刑部の眼はしきりと下部屋の方に注いだ。そのため彼はお廊下近くすわっていた。暑いから控えの間の襖《ふすま》も障子もあけはなたれている。

刑部は、つと立ちあがった。彼の瞳《ひとみ》は下部屋から奥へ通ろうとする井上主計頭正就の姿を捕らえたのだ。彼はするすると廊下へ出た。

正就が歩む背後から刑部は進みよった。

「主計頭殿、主計頭殿」

と、二声ほどかけた。

正就が振りかえると、刑部は小腰をかがめて、

「少々御意《ぎょい》得たし」

と、なおもすすんできた。

二人の間隔が二尺ほどまで縮まったとき、刑部は、

「この間の遺恨《いこん》覚えたか」

と叫ぶなり、脇差《わきざし》を走らせて真っ向から斬った。

正就は、とっさに仰向いたから、切先《きっさき》は胸先を掠《かす》めただけであった。

「何をする」

と、正就は二、三歩さらに退いた。刑部はそれに踏みこんで二の太刀を浴びせた。

正就の頭が割れて血が噴《ふ》き出た。彼は廊下に血を撒《ま》いてよろめきながら、

「豊島、乱心、出会え」

と叫んだ。それから崩れるように倒れた。

折りから小《こ》十人青木久左衛門が通りかかって馳《は》せてきた。彼は、

「狼藉者《ろうぜきもの》」

と言うなり、刑部の後ろから、しっかと抱きとめた。青木は腕力があって、刑部は金輪《かなわ》に締めつけられたように脱《ぬ》けることができない。

「おのれ、何者じゃ。乱心ではない、放せ」

と言ったが、青木はますます力を加えてくる。しずまれ、しずまれ、と彼も夢中で叫んでいる。

刑部は、もうこれまでと思った。彼は持った脇差を握りなおし、力をこめて己れの胸に突きたてた。

するど刑部を背後から抱いていた青木が、

「うっ」

と呻《うめ》いた。二人は折り重なったまま、音たてて転がった。刑部の突きたてた刃の切先が、己れの胸から背中を突きぬけて、青木の胸まで串刺《くしざし》にしたのである。

豊島刑部の三千石は没収され、その家は取りつぶしとなった。

廃物

一

大久保彦左衛門忠教《ひこざえもんただのり》は八十歳を一期《ご》として静かに死の床に横たわっていた。寛永《かんえい》十六年二月のうそ寒い日の午後である。神田駿河台《かんだするがだい》の手広い屋敷の奥まった病室には、見舞いの客たちがいくつかの火桶《ひおけ》をかこみながら詰めていた。

忠教は老いしぼんだ顔に死相をただよわせて半眼を薄くあけたまま眠っていた。さきほど加加爪甚内《かがづめじんない》と二言三言何か言っていたが、疲れたように黙ると、そのまま軽いいびきを立てはじめたのである。頰骨の尖《とが》りと、肉のない皮膚を刻んだ皺《しわ》の乱れと、落ちこんだような口辺のくぼみとが目立った。医者は傍らにうずくまったまま、脈搏《みゃくはく》をとっていた。

もう何刻《どき》かの後には忠教は息を引きとるに違いない。詰めている見舞客といっても、じつは臨終に立ちあって最期の別れにきた人々であった。町家の者だったらあるいは誰かの口からひそかに称名《しょうみょう》が唱えられたであろう。しかし、むろんここに集まっている者は日ごろから気の荒らいといわれる旗本ばかりだった。戦国の埃《ほこり》がその身体に残っている男たちであった。

先刻からの話題は、忠教がこの世で最後の三河《みかわ》武士であろうということであった。誰の意見も同じである。寛永十六年といえば、前年に天草《あまくさ》の乱があり、これが最後の戦闘で世は泰平になれていく時である。旧《ふる》い旗本からすれば、なんとなく新しい世風が気に入らなかった。

忠教の皮肉で一徹だった話が、いま一座の人々に快く迎えられているのは、たんに本人が死にかかっているという同情や儀礼からではなく、この人々の心の奥に回顧的な共感をよぶからであった。彼らは己れがしだいに忘れられていく世に、焦燥と反感をもっていた。

先刻から忠教の逸事を、さすがに声だけは遠慮しながら、老いの眼を細めて語っているのは、今村九郎兵衛《くろべえ》であった。一同は私語する者もなく、熱心に話に耳を傾けていた。

「さる年の正月でござった。彦左衛門と拙者とは早くから出仕いたしていたが、所用のため山吹の間にいたところ、係りの者は拙者ら二人を遅参と思いおって祝儀を開いた。まもなく、目付がわれわれを見つけてな、各々《おのおの》方は祝儀の始まったことをごぞんじないか、早く着座されよと申した。彦左はそのとき、目付を睨《にら》みつけてのう」

というふうに九郎兵衛は話をはじめたのだ。

その話のつづきを要約すると、こうである。

——そのとき、目付を睨みつけて忠教は言った。

「拙者どもは早朝より詰めているのに、なんの沙汰《さた》もせずに祝儀が始まっているとはいかなるわけか承りたい。権現《ごんげん》さま以来、旗と槍《やり》とは一度も怠ったことはござらぬ。戦といえば、すぐ、それ旗を出せ、槍を出せと言われた。しかるに年寄りなればとて、早くより詰めているものを失念とは、おおかた、われらがなんの用にも立つまいとの所存からでござろう。さらば九郎兵衛、ここにいても邪魔者ならば、早くに立ち戻ろうではないか」

と席を立とうとした。目付はすぐに老中に報告した。この二人が旗奉行、槍奉行であったからそのままにはできなかったのである。すると、酒井忠勝《ただかつ》、土井《どい》利勝《としかつ》、松平信綱《のぶつな》などの老中が駆けつけてきて、

「係りの者の失念でご両所をさしおいて祝儀をはじめたが、今日は、めでたい格別の祝いであるから、まずまず頂戴《ちょうだい》いたされよ」

となだめた。

聞いた忠教は声を立てて笑った。

「およそ武門の祝いに旗槍を失念とは初めて承り申した。もはや、一番座のすんだのに洗い膳《ぜん》で食った覚えはない。のう、九郎兵衛、世も末となったものじゃ、長生きすると珍しいことをきくわ」

松平信綱が顔色を変えた。

「将軍家の台所には、洗い膳というはござらぬ。雑言《ぞうごん》が過ぎようぞ」

彦左衛門は膝《ひざ》を立て直して信綱の方に向き、大きな声で言いはなった。

「知恵伊豆《いず》といわれるほどの貴殿がかほどの言葉をごぞんじないか。さらば申しきかせて進ぜよう。およそ武門においては二番座になおるを洗い膳といい、剛勇の武者の嫌うところでござる。われら権現さまにお仕えしてよりお料理をくだされるのに一番座を欠かされた覚えはない。されば今日はじめて洗い膳を食わされるかと申したのでござる」

側の九郎兵衛が忠教の袖《そで》を引いて、もうよいではないか、あまり言いつのるな、と言うが、いっこうにおさまるふうがない。

二

「そのとき酒井忠勝が進み出て彦左の手をとってのう、こう言いおった」

と、今村九郎兵衛は聞き手の一同を見まわして話をつづけた。

「忠勝は彦左の顔に笑いかけながら、貴殿の申されるところはもっともである。さりながら、今日は武具の餅《もち》を開く格別の祝儀であるのに、かく時刻が移ってはいかがかとぞんずる。何事も我慢せられて、この忠勝が相伴《しょうばん》をいたすゆえに、ともども頂戴せられたい、と申した。それでようよう彦左の機嫌が直り、讃岐守《さぬきのかみ》（忠勝）殿のご相伴とならば本望でござる、とやっと席についたことがござった。あのときの彦左のつむじの曲げかたに老中衆の困《こう》じよう、いや拙者、側で見ていてあとで腹をかかえたことじゃ」

一座に忍びやかな笑いが起こった。自分でうれしがっている九郎兵衛の老顔にうなずく者も二、三人ある。今さらに横たわっている忠教の方に満足そうにそっと眼をやる者もいた。彼らは老中という時の為政者に敵意をもっている。

「松平伊豆がへこまされたといえば」

と話しだす者がいた。見ると、あから顔の近藤登之助《こんどうのぼりのすけ》であった。彼は一同の視線が自分に集まったことを意識すると少し面映《おもは》ゆそうにつづけた。

「島原の戦で、伊豆守が高慢になったは各々ごぞんじのとおりじゃ。その伊豆に向かって、彦左が、貴殿はかねがね知恵の誉れは高いが武功のことは不案内と見える、と申した。伊豆は顔色を変えてその仔細《しさい》を問う。彦左は、さればご子息甲州《こうしゅう》が功名をばいたされたのに貴殿のなされ方が悪いばかりにその効《かい》がなかった。そのしだいは、島原で甲斐守《かいのかみ》が抜駆けの功名をなされた時、抜駆けは軍法にそむくとあっていったん甲斐を斥《しりぞ》けたならば、さすが伊豆殿、親子の間といえども依怙贔屓《えこひいき》なき仕方と、貴殿の評判は一段と上がったでござろう。また甲斐守も退いて謹慎しておれば、軍功詮議《せんぎ》ということになれば将軍家より格別の上意あるは必定《ひつじょう》、さすれば奥床しき振舞いよと一段と功名も輝いたことでござろう、さるを己れのせがれの功名を手放しに取りあげて、抜駆けの軍法違反をお咎《とが》めなかったのは貴殿が武功に不案内の証拠でござる、と申したので、さすがの伊豆も一言もでなかったのじゃ」

人々はまたうなずき返した。軽い興奮さえ一座の間にひろがった。折りから家人が熱い茶を入れかえてまわった。ひとしきり茶を啜《すす》る音が聞こえたが、そのうち一人がまた口を切った。それは久世《くぜ》三四郎だった。

「島原の騒動が聞こえた時だったのう、来る注進来る注進がしだいに容易ならぬ一揆《いっき》の模様を知らせてくる。殿中では、このたびの討手は細川か有馬か黒田かなどと噂していると彦左衛門が聞きつけて例のもっともらしい顔をして、いや、そうではない、細川でも有馬でもない、と申す。では誰じゃと一同がきくと、彦左め、それは、余人ではござらぬ、春日局《かすがのつぼね》と南天坊《なんてんぼう》であろうと言う。女子《おなご》と坊主をなんとして大切な戦場にやられようぞと一同が言えば、いやいや、日ごろお目をかけられて寵愛《ちょうあい》せられるは、かかる大事に役立たせんためではござらぬか、と申しおったよ」

ふたたび笑いが人々の顔にのぼった。遠慮して声を立てる者はなかったが、会心の面持《おももち》であった。すると久世につづいて隣りの兼松《かねまつ》又四郎が大きな身体を乗りだして言った。

「いつの時であったか、彦左と拙者とが土井大炊頭《おおいのかみ》の邸《やしき》に招かれたことがござった。そのとき、大炊は栗毛の馬を曳《ひ》かせてわれらに見せ、この馬は大坂再度の御陣に働いたが今も変わらず奉公してくれ、ひとしお秘蔵にぞんずると申した。すると彦左は、貴殿が大坂御陣の時に乗って逃げたはこの馬でござったか、さてこそ脚の速そうな馬でござる、と答えて馬に向かい、さてもそのほうは主《あるじ》思いであるよ、よくぞ主人を乗せて逃げたぞと臆面《おくめん》もなく言ったので、大炊も渋い顔をして、返事につまっておったわ」

こういう話に刺激されて、われもわれもと忠教の皮肉で頑固だった思い出話を言いだす者がつづいた。

「台徳院《だいとくいん》（秀忠《ひでただ》）さまより彦左に鶴の吸物を賜わったとき、仰せに、そのほう、鶴を食ったは久かたぶりであろうと申された。しかるに彦左の賜わった吸物には、鶴の肉は無《の》うて青菜だけだった。彦左は私方ではこんにちのごとき鶴はいつも食っておりまする。御礼のためその鶴を献上つかまつりますと言って、あくる日青菜を一籠《ひとかご》献上して台徳院さまを苦笑させおったよ」

話す者があれば、

「権現さまや台徳院さまの前に御伽《おとぎ》をして、合戦話になっても、彦左め、機嫌のよい時は勝ち戦をなし、機嫌の悪い時は負け戦ばかりして御両殿をお嫌《いや》がらせ申したものじゃ」

と語る者もあった。

どの話も忠教の依怙地《えこじ》な性格が出ていた。それが今夜ここに集まっている人の共感を捉《とら》え、なかには感動で涙ぐむ者もいる。三河武士らしい最後の男が、いま息を引きとろうとしている――誰の胸にもせまってきている感慨であった。

三

忠教はさきほどから夢うつつのごとく皆の話し声が耳にはいっていた。浅い眠りの間を彷徨《ほうこう》しているように、意識は消えたり戻ったりする。それがだいぶ明瞭《めいりょう》になったとみえ、はじめ間遠く断片的だった声が、普通の話のように、耳に聞こえてきた。それにつれて朝の眼覚めの時のように、どこかに一片の眠気は残しながら、思考がしだいに働きはじめていた。

おれのことを話していると忠教は思った。近藤登之助や兼松又四郎や久世三四郎の声が交わる交わる聞こえていた。居あわせている人は咳《せき》一つするのも遠慮しているから、冬の午後らしい静かな空気は乱れることもなく話し声を落ちつかせている。

おれの皮肉で一徹なことを話しているらしいが、近藤などにはおれのほんとの気持はわかりはすまい——と忠教はつづけて思った。それから三河武士とか譜代とかいう言葉がきれぎれに聞こえたが、これからの世に、そんなものがなんになろうぞ、と思った。打ち捨てられる芥《あくた》のようなものだ。兼松などには気がつくまいが。

おれは以前に子孫にのこすつもりで覚書を書いておいた。おれの先祖一族と徳川家との主従の関係因縁を知らせておくつもりだった。

「我《われ》老人の事なれば夕ざりを知らず、然《しか》る時は只今《ただいま》の時分は御主様も御譜代所内の者の筋をも一向に御存知なく、猶又《なおまた》、御譜代の衆も御譜代筋目を知らず、三河者ならば皆易《かいえき》に御譜代の者と思召《おぼしめ》しける間、其の立つ訳《わけ》をも子供が知るまじき事なれば書き置く也《なり》」とその序文の文句まで覚えているが、万一他人が見たら仔細らしく感心するかもしれぬが、つまらぬことを書いた。何代かの後になって子孫がそんな詮索《せんさく》を知ったとて譜代などというものはもはや犬も食わぬかもしれぬのだ、ばかなことを書いた先祖がいるとわらうだろうが、おれの寂寥《せきりょう》と憤懣《ふんまん》が、あの書き物の底にぶちまけてあることをわかってくれる者があるだろうか。

忠教は次から次に思うことが湧いた。相変わらず半眼に眼をふさぎ、歯のない口を穴のように開いたまま、眠りを装いながら、一筋の糸をたどるように思索をつづけた。

――おれの先祖はご先祖親氏さまの代に三河国松平郷について以来つかえてきた譜代だ。およそ二百余年の間じゃ。

二百余年――ずいぶん長い譜代の主従だ。

三河は近隣強国に囲まれているから代々の当主も苦労したが、ついてる家来も難儀した。

わけて大久保一族は先祖から一倍の働きをして奉公してきたのだ。

遠い昔は言うまい。神君家康の父上広忠《ひろただ》の時からそうである。広忠は叔父《おじ》松平内膳《ないぜん》に追われて伊勢《いせ》にのがれ駿河の今川に走った。

その時、大久保一族はわざと広忠のお供をせずに三河に踏みとどまった。そのわけは、いつかは広忠を岡崎に迎え入れん下心があったからだ。

それを内膳が察して、

「広忠を呼び入れぬという起請文《きしょうもん》七枚を八幡《はちまん》に奉《たてまつ》れ」

と、大久保新八郎に言ったものだ。新八郎はおれの伯父《おじ》である。

伯父は伊賀の八幡の社前で、起請文七枚を三度まで書かされた。武門では八幡に起請するとは絶対を意味するのだ。

伯父新八郎は真っ青《さお》な顔になって家に帰り一同を集め、

「これ弟ども、よく聞け。ただいま、上さまを岡崎に入れ申すまじき七枚起請を書かされたぞ。上さまを一度ご本意させ申さんためにこそ、われらお跡に残ったのじゃ。その心がなくば、とうにお供を申している。七枚起請の神罰を蒙《こうむ》ってこの世にて白癩《らい》黒癩の病を蒙るとも、または、せがれ、女房を八ッ串《くし》、牛裂きにもせよ、来世にては無間《むげん》の住家ともならばなれ、ぜひとも一度は上さまをここに入れ申さでおくものか。みなもその覚悟ぞ」

と言い、おれの父、叔父、それから同輩をかたらって苦心惨憺《さんたん》のすえ、ついに広忠を岡崎城に引き入れることが成就《じょうじゅ》した。伯父の働きであった。

が、譜代衆といえば、みな、こんな忠節揃いかというとそうではない。

永禄《えいろく》三年、幼くして今川に人質になっていた神君が初めて岡崎に帰城した時、さてもめでたき御事かな、今まで十ヵ年あまり他国に主を置いて、ここでは猪か猿のような奴輩に折れかがみ、這《は》いつくばったのも、今日という日、君をこの城へ迎え入れんがためよと大喜びした譜代のうちから脱落者が出ているのだ。

まず三河一揆《いっき》の時からであった。

四

三河国は一向宗のさかんな土地だ。領内針崎、佐崎、土呂で一向宗門徒が一揆を起こした時、土民にまじって譜代の家臣が一揆方に馳《は》せ加わったものだ。君臣の縁は今生《こんじょう》かぎり、仏縁は未来永劫《えいごう》ぞと言って、城を脱けだして宗徒勢に落ちていったのだ。大橋伝一郎、佐橋甚五郎、石河又七郎、渡辺半蔵、本多弥八郎、鳥居四郎左衛門などいずれも譜代の臣だ。これが一揆方に奔《はし》って反逆した。

その時も、大久保一族はもとより神君の手について奉公している。

一揆が平定すると、助命を許したにもかかわらず、一向宗方のおもだった者が逐電《ちくでん》した。そのなかに本多弥八郎がいたのは笑止の限りじゃ。

弥八郎は後年の本多佐渡守正信《さどのかみまさのぶ》だ。おれは、あの男の顔を見ただけでも、憎悪を覚える。天下におれくらい分別《ふんべつ》な男はいまい、というような面《つら》をしていた。陰険で小才が利くところから己れの出世のためには片端から競争者を追いおとしてせりあがった。おれの一門、小田原《おだわら》城主の大久保忠隣《ただちか》が改易《かいえき》になったのも、この正信の陰謀にかかったためだった。

正信めは小知恵がまわるところから、神君から佐渡佐渡と呼ばれては重用される。それをよいことにして大きな顔をしていたが、なに、かつては主君に弓引いた前科があるのだ。逃亡して各地を長年放浪していたが、やっと前非を悔いて帰参が叶《かな》った男だ。あのように思いあがらせておくのではなかった。

次には天正《てんしょう》三年に、譜代のなかでも古い大賀弥四郎がそむいている。弥四郎は奥部二十余郷の代官だったが、武田勝頼《かつより》に内通したのだ。

事が露顕して弥四郎が、岡崎の辻《つじ》に穴を掘り、頭板をはめられ、十本指をきられ、傍らに置かれた竹鋸《たけのこ》で通行人に生きたまま挽《ひ》き殺されたのは当然の酬《むく》いじゃ。

次には天正十三年に石川数正《かずまさ》が岡崎城を出奔して秀吉のもとに逃げたことだ。数正は酒井忠次などと徳川家の宿老である。それに、数々の大功を立てているから、それを聞いた時、わが耳を疑ったくらいだ。もとより神君の驚き、家中の周章狼狽《ろうばい》は不意に敵の襲来をうけたようだった。

人間は見かけではわからぬもの、石川ほどの者がこの逆心をいだこうとは誰一人も思わなかった。数正の戦場での名だたる功名、ことには信康を今川氏真《うじざね》のもとから決死をもって奪いかえしてきた働きなど、どうしてこの人間にこの心が潜《ひそ》んでいたのか。

だから神君も数正を武功第一の者として岡崎城を守らせておいたのだ。石川はその岡崎城を妻子眷族《けんぞく》と預かった人質まで連れて大坂に出奔した。

人非人、逆賊とおれはあのころ、あらんかぎりの悪罵《あくば》を石川数正に放ったが、今となっては少しは数正の心もわかる気がする。

譜代譜代といってもこのとおり、主君一途《いちず》に奉公しとおしてきた者ばかりではないのだ。

その中でも、大久保一門だけは、ばか正直に働いてきている。

さきの一向宗一揆の時も、伯父新八郎は敵とわずか七八町ばかり隔てたところで日夜戦った。あの時、大久保一族がことごとくお味方したから神君の御運が開いたようなものだ。あの折り、大久保五郎右衛門も同七郎右衛門も眼を射られ、同族ことごとく手負いしない者はなかった。神君は敵に向かってすでに馬を乗り入れんとする。大久保次郎右衛門が走りよって馬の口を取り、

「お跡を御覧《ごろう》ぜよ、誰もついておりませぬ」

と必死に止めたから、後で神君から、

「汝《なんじ》どもが恩は七代忘れぬぞ」

と言われたほどだった。

おれの親類、従兄弟《いとこ》どもの働きは言いつくせるものではない。叔父も討死をした。従兄弟どももおおかた討死をして奉公した。またおれ自身も十六の年齢《とし》から境目《さかいめ》の城に在《あ》って勤め、そのうち四、五年は枕もとに具足を置き、昼夜わかたず野山に伏して芝の葉を折り敷いて寝る生活だった。

大久保一族ほど誠心こめて奉公した臣はないのだ。

まだ思いだすぞ。あれは長篠《ながしの》の戦いの時であった。

わが叔父、大久保七郎右衛門、同次郎右衛門の働きがあまり見事だったので、織田信長がはるかにこれを見て、傍らの者に、

「家康の手前で金の揚羽《あげは》の蝶《ちょう》と浅黄《あさぎ》の石持《こくもち》の指物は、敵かと見れば味方、味方かと見れば敵のようじゃ。参って敵か味方か見てまいれ」

と命じた。

神君は使いの口上を聞いて、

「いやいや敵にはあらず、わが譜代久しきもの、金の揚羽の蝶は大久保七郎右衛門と申して兄、浅黄の石持は大久保次郎右衛門と申す弟にて候」

と返事した。信長は、さても家康殿はよき家来を持ったものじゃ、見い、彼らは膏《こう》薬《やく》のようではないか、敵にべったりとついてはなれぬぞ、とほめそやしたこともあった。

五

が、こんなことをならべても始まらぬ。先祖以来の苦労、一族の働きなど、今となってはなんの役にも立たぬ。

たとえばおれ自身の武功にしたところで、若い時はずいぶんと自慢にしたものだが、年をとって万事がわかってくると、空しいことだ。

高天神の城攻めに敵将岡部長教に槍《やり》をつけた話以来、おれの手柄話も声高に吹聴《ふいちょう》したが、つまらぬことを言ってまわったものだ。

一族の親類縁者兄弟どもを討死させ、辛苦を重ね、生死の間をくぐって働いてきたおれが、今もらっているものはなんだ。わずか二千石の扶持《ふち》と、厄介者扱いだけではないか。

これでも若い時は戦場での働きがただ一つの己れの進む道と心得てきた。が、それでは出世はできぬものとわかった。戦場で敵の姿に手足萎《な》えて、臆病風《おくびょうかぜ》にふかれ、蒼《あお》くなって打ちかかる気力もない者が口先一つのごまかしだけで出世する者とわかった。

そう言えば天正十三年閏《うるう》八月に真田昌幸《さなだまさゆき》の籠《こも》る信州《しんしゅう》上田城にかかったことがあった。あのときは、叔父《おじ》大久保七郎右衛門忠世《ただよ》、平岩主計親吉《かずえちかよし》、鳥居彦右衛門元忠、それにおれも加わって総勢七千余人が押しよせた。たかが小城いざ一揉《ひとも》みにせんと城内近くまで進んだが、真田の計略でとつぜん門を開くと敵方は総勢鬨《とき》の声をあげて打って出て、先手はさんざんに突きたてられた。

小路は狭く、進退ままならぬところに、真田は小旗で合図すると、近くの戸石、矢沢の両城から二千ばかり打ちよせて、われらの後方に攻めてきた。これはと思って前後両方の敵に当たると伏勢二千ばかりが鉄砲をつるべ打ちしてかかってくる。三方に敵をうけてはたまらぬ、三河勢は総崩れとなって加賀川の川原にどっと退いたものだ。

あくる日、真田勢は城を出て川向こうに陣取ったので、叔父の大久保七郎右衛門はいざ打ち向かわんと金の揚羽の蝶の指物で味方平岩主計の陣に乗り入れて、

「貴殿の備えをわれらが備えのあとに押しつけて川を越させたまえ、敵方にはわれら

の兵にて切ってかかるべし」

と言ったが、昨日の敗軍で怖気《おじけ》のついた主計は返事もしない。

「では、せめて川の傍まで備えをすすませたまえ」

と言っても主計は頭を振るばかりで、尻《しり》ごみして同意しない。

次に叔父は鳥居彦右衛門の備えに行って、同じように申しこむと、彦右衛門は聞いただけで、身体を打ちふるわせ、唇の色まで失ってものを言わぬのだ。昨日の真田がよほどこわかったとみえる。

叔父はあまりのことに呆《あき》れて立ちかえった。そこにおれが行きあわせた。おれは銀の揚羽の蝶の指物だったが、それを加賀川の川風に吹かせながら、

「川の端まで鉄砲を出されてはいかがじゃ」

と言うと叔父は渋い顔をして手を振った。

「どうしたのか」

ときくと、

「弾薬《たまぐすり》がない」

と言う。

「弾薬がないとはなんとしたことじゃ、はやはや出させられよ」

と言うと、叔父はおこった顔をして、

「小せがれめ、何を申す。みんな腰が抜けて出会わんとする者は一人もないぞ。腰が抜けたといえば、弾薬がないということじゃ」

と言い捨てて、くるりと背中を見せて行ってしまった。

その腰抜け、臆病者の鳥居や平岩が今はどうであろう。鳥居は子の忠政が二十六万石だ。平岩は清洲《きよす》の松平忠吉（家康の子）の傅役《もりやく》でおさまっているから呆れる。

いったい、三河譜代の者は何代もの間、野に伏し山を家として奉公してきた。たびたびの合戦には親を討死させ、子を討たせ、兄弟、伯父《おじ》、従兄弟を討死させた。女子供、眷族《けんぞく》どもには麦の粥《かゆ》、粟《あわ》、稗《ひえ》の粥を食わせて、自分もそれを食うて出ては生命を賭《か》けての奉公をしてきた。

そのあげく、おのれが貰《もら》ったものがこれだ。わずかばかりの知行を貰い、追従者、へつらい者の羽振りのよさを見せつけられているだけだ。

槍先一つの功名で出世できると信じてきたのはたわいのない話であった。気負うことはなかった。腰抜けでよかったのだ。

およそ立身して知行を多く取ろうと思えば、主君に反逆し、臆病で人にわらわれ、上役によくしてうまく立ちまわり、告げ口して機嫌を取りむすぶことじゃ。こういう芸のできる連中でなければ、出世はできぬとみえたわ。

六

だから、歴代の主君に忠節をつくし、わき目もふらずに奉公した者は、出世もできなければ、知行も少ない、子孫も栄えぬ。戦場で功名のあった者、代々仕えた長い間の家来も、多い知行は貰えぬ。

物事がみんな逆なのだ。

昔は、たとえば神君の祖父清康どのは、譜代の者を大切にされて、

「弓矢八幡、譜代の者は一郡にも代えまじき」と申されていたから、一同は涙を流してかたじけなしと言って奉公したものじゃ。今はどうか。今は、譜代の臣を主君がごぞんじない、と言って皆が涙を流している。裏と表の涙だ。

同じ譜代でもおれの家柄などは安祥《あんしょう》以来の譜代で徳川家とはいちばん旧《ふる》い主従なのだ。おれはそれを若い時から、このうえなくありがたく思って、ただただご奉公は戦場なりと、あっちの合戦、こっちの合戦で稼いだ。追従《ついしょう》や座敷のうえでの口舌は武士のせぬもの、と軽蔑《けいべつ》してきた。その結果が今のありさまだ。

古い仲間でも、うまく立ちまわった者は出世している。井伊《いい》が彦根で三十五万石、

本多が姫路で十五万石、酒井が廏橋《うまやばし》で十三万石、鳥居が山城で二十六万石だ。おれは長いこと千石だった。小田原の大久保が没落して、その所領から千石を貰い、やっと二千石になったにすぎぬ。

こんな世の中になっておれは用のなくなった男だ。もう見捨てられた男だ。親、兄弟を討死させ、稗、粟を食い、野山に臥《ふ》せては戦場をかけめぐり、主家のために働いてきた男の末路がこれだった。

長生きすれば恥多いというが、おれはあまり長く生きすぎた。

本多正純、土井利勝、松平信綱、こういう若い手合いが一手に政治をしているのを見ると、不用品になったおれがよくわかる。

おれは大坂陣で槍奉行を勤めたが、あれがおれの生命《いのち》の最後であった。それからのおれは忘れられた形骸《けいがい》にすぎぬ。

あの時の旗奉行は、保坂某という武辺もなき者であったが、正月七日の天王寺口の乱戦には、ただうろたえていたのを、神君があとで聞いて窮命があった。そのとき、おれに、

「彦左、そのほうはどこにいたか」

と聞かれたから、

「旗についた槍《やり》でございますから、旗についておりました」

と答えた。すると神君は、

「旗はどこにいたぞ。誰も旗を見たものがないと申すに、旗は立っていなかったに相違あるまい」

と言うから、おれはあくまで、

「旗は立っておりました」

と答えた。

立っていた、いなかった。と押し問答がつづき、神君は苛立《いらだ》った声で、旗は立っていなかったぞと叫び、杖《つえ》で畳の上を叩《たた》き、腰の佩刀《はいとう》まで手をかけたが、おれはあくまで、立っていたとがんばりとおした。

旗奉行でもないおれが、旗が立っていようがいまいが知ったことではないが、つい、あんなふうに嵩《かさ》にかかった言い方をされると、依怙地《えこじ》になってしまうのだ。

その依怙地は年をとってだんだんひどくなった。下積みで苛《いじ》められる者の反抗かもしれぬ。

おれは昔から嫌われていることを知っている。嫌われれば嫌われるほど、いやがらせをやってみたいのだ。意地になって突っかかった。空《くう》なものに独りでやけになって突っかかった。

それでおれの気持が晴れるかというと、そうではない。寂しさは深まるばかりだった。おれは自分でも持てあます人間になった。泣きたいくらい寂しいおれの本心を誰も知らぬ。

知らぬから、おれのことを片意地だとか頑固な年寄りとか、三河者の最後だとか言っている。

現に、そこで近藤や兼松などがおれのことをしきりと話しているではないか。

八十年か。むだばかりの生涯だった。

若い時にはがむしゃらに働き、年とってから一日として面白い日はなかった。

――いろいろなことを思いだして不愉快になった。が、おれの子孫も先祖が大事にされたと思い、その恩義を感じて、忠節をつくすに違いない。

はて、疲れた。ほんとに疲れた、少々眠くなったようだ。ああ眠い。

蒲団の下に手を差し入れて忠教の脈をうかがっていた医者は、やがて一同に向かって、

「ご臨終にござります」

と告げて、うやうやしく一礼した。

背伸び

一

安芸《あき》国安佐《あさ》郡銀山《かなやま》の城は、代々、甲斐《かい》の武田氏の一族が城主であったが、大内義隆《よしたか》の勃興《ぼっこう》とともに滅亡してしまった。

その遺族のなかに、竹若という者がいた。彼は十一歳で京に出て、東福寺《とうふくじ》の僧となった。この頃は、武人で望みを絶てば、僧籍に入って出世するほかはない。竹若は幼少から怜悧《れいり》であった。それに世に出たい欲望があった。僧になってからは頓蔵主《ぞうす》と称した。

「慧弁《けいべん》にして学を好み預る才あり、博読暗誦《あんしょう》衆に超ゆ」とあるから、かなりの才能であった。

それに努力があった。何としても偉くなりたい。禅僧として一流人になれば、当時の武将の間で尊敬せられた。彼の希望は、その一流にのし上ることであった。彼は己の才能を信じていた。その自信が努力を駆り立てた。愉《たの》しい努力である。

頓蔵主は累進して、長老となり、名も恵瓊《えけい》と改めた。南禅寺に遷《うつ》って禄司《ろくじ》となった。もはや、当初の望みの半分は達せられた。

この頃は、信長が将軍足利義昭《あしかがよしあき》を擁して、京都に入った時分である。うちつづく乱世も、ようやくこの新興実力者によって、支配されるかにみえた。

しかし、まだまだ東には武田、北条があり、北には上杉があり、浅井、浅倉があり、西には毛利があり、四国には長曾我部《ちょうそかべ》がいる。戦乱は当分つづきそうである。

高僧が武人の庇護《ひご》をうけて尊敬せられるのは、平時のことである。あけてもくれても合戦に奔《はし》っている彼らは、僧侶《そうりょ》まで顧るひまがなかった。恵瓊は、ほぼ思い通りの地位にのぼったものの、当《あて》がはずれたような不満を覚えた。世間はだれも彼をもてはやさない。

彼は単に一寺の役僧では満足できなかった。時の権力者に結びつこうと考えた。その方が出世の早道である。彼が仏典のむつかしい学問の世界に踏み入って、それを征服したように、権力者をも自己のものにする自信は十分にあった。

時の権力者といっても、将軍義昭には実力がない。信長は忙しいし、あまり坊主を好きでないようである。

恵瓊は眼を毛利《もうり》に向けた。西国十ヵ国を領し、元就《もとなり》以来の勢力は鬱然《うつぜん》たるものがある。それに、みだりに兵を他国に出さないで、ひたすら実力を蓄積している。中央の勝者は、信長か、信玄か、謙信か分らぬが、だれにしても将来は必ず、毛利という壁に突き当らねばなるまい。天下を分ける者はだれにしても、一方は必ず毛利であろう。

当主は元就の孫の輝元《てるもと》で、吉川《きっかわ》元春、小早川《こばやかわ》隆景《たかかげ》の伯叔が、がっちりとこれを固めている。元春、隆景とも器量人の聞えが高かった。

恵瓊は、毛利に取り入ることを考えた。幸い彼の出生も安芸である。彼は京にいる間、中央といわず諸国といわず、各武将の動静を細密に研究した。それは下心あってのことである。

彼は安芸国に下ると、荒廃した新山《にいやま》の安国寺を再興した。安国寺《あんこくじ》は暦応《りゃくおう》二年、足利尊氏《たかうじ》の勧請《かんじょう》によって全国に一国一箇寺を建てた寺の名である。それが足利勢力の没落で衰微したのである。恵瓊は廃れた寺址《てらあと》に堂塔をつくった。彼の天性には土木の才があったらしく、のちに東福寺や博多の承天寺《じょうてんじ》などを修造している。

恵瓊が安国寺を再興したことは、はたして輝元の注目をひいた。輝元は彼を呼び出して引見した。

恵瓊は機会が来たと思った。一回目は、自分の学問知識を披露した。彼はもとから弁舌が爽《さわや》かだった。自分でも快いほど、その舌にのせてしゃべった。輝元を感心させるには、まず自分が有識僧である印象を与える必要があった。聴いている輝元の顔付きからみて、それは成功したようだった。

三回、四回と会うたびに、彼は上方《かみがた》の情勢をさりげなく少しずつ話の間に混ぜた。投げた彼の餌である。輝元の表情から彼は手応《てごた》えを感じた。

輝元のいる芸州《げいしゅう》吉田は、何といっても辺陬《へんすう》の地であった。中央の様子に明るいという訳にはゆかなかった。輝元も、元春も、隆景も、中央や東国の情勢を知ることに渇《かつ》していた。それを恵瓊の直感がよみ取った。

輝元は、進んで恵瓊を呼び寄せ、さまざまな質問をした。恵瓊は、何をきかれても、明快に説明した。単に現状の報告だけではない。各武将の性格から、それぞれの利害関係、これから先の見通しまで、彼一流の情勢の分析があった。それは、彼が京にいて丹念に調べ上げた知識を、基礎にしたものだった。

恵瓊には、自身でも直感のようなものが働いていると覚えた。あやふやなものだが、眼をつぶって前に踏み切るようにして、言い立てた。それははったりだが、輝元を眩《げん》惑《わく》させるには必要のものだった。

「えらい坊主が来おった」

輝元は恵瓊の去ったあとを見送って、横の元春と隆景の顔を見た。この二人は、若い輝元ほど感心したかどうか分らない。が、少くとも反対は唱えなかった。

恵瓊が、輝元の顧問となったとき、彼の眼には己の将来が、金色《こんじき》に光って見えたに違いない。

二

元亀《げんき》二年ごろから、将軍義昭より輝元のところへ、しきりと内書《ないしょ》が来るようになった。

「信長は傲慢《ごうまん》で、将軍である自分を空位にしようとしている。その暴戻《ぼうれい》には我慢ができない。信長は将来、貴国をも侵略するであろう。今のうちに討たねば、災いとなること必至である。すでに、武田、北条、上杉その他にもこのような書状を出している。みんなで挟撃《きょうげき》すれば、訳なく信長を討ちとれる。どうか自分に協力して欲しい」

そんな意味の内容であった。

輝元は、恵瓊にこれを見せた。

「公方《くぼう》(義昭)は何の力もありません。信長が利用してきただけです。もう厄介ものになったのでしょう。信長の勢力は将来はこちらに向うでしょうが、さりとて、この内書のように武田、上杉、北条らが今すぐに動くとは思われませんから、ご当家がこの誘いに乗るのは悪しく、自重なされたがよろしいと思います」

恵瓊はそう答えた。輝元はうなずいた。もともと彼は出兵する意志は少しもなかった。領国だけを固めて、他国に不必要な兵を用いない。それは元就以来の方針だった。恵瓊の言葉は、それを心得てのことである。

恵瓊は輝元にいよいよ信用された。

ところが天正《てんしょう》元年になると、信長と義昭の間が険悪となって、義昭が信長に反旗を翻したことが伝わった。義昭はしきりと毛利を恃《たの》みにしてきている。

「公方は必ず敗けますな。敗けた結果、ご当家をたよって参りましょう」

恵瓊は判断した。

「困ったな」

輝元は渋い顔をした。

「公方に頼って来られたら厄介なことになります。あの人は実力のないくせに、陰謀ばかりやる人ですから、抱え込んだら、どんな面倒が起るか分りません」

恵瓊は言った。

「おれもそう思う。どうしたらよい？」

「よろしゅうございます。手前が上洛《じょうらく》して、信長と公方の間を取りもちしましょう」

「取りもつ？」

「つまり、公方をこちらに来させないようにすることです」

恵瓊は薄い笑いを見せた。輝元は一も二もなく、彼にそのことを許した。

恵瓊は、いよいよ自分の場が開けてきたなと思った。この交渉は彼の腕の試し所だった。これに成功すれば、彼の将来は毛利家で岩のように確固たるものになるのだった。彼は胸を昂《たかぶ》らせて京に上った。

入洛してみると、信長は岐阜から出京して将軍の邸第を焼き、義昭を宇治《うじ》の真木島に攻めていた。義昭の生命は掻《か》き消される瞬間に立っていた。

恵瓊は、毛利の使者と名乗って信長に面会を申し込むと、多忙だと言って、代りの者を出した。

一人はあから顔の肥《ふと》った坊主だった。朝山日乗《あさやまにちじょう》だと自ら名を述べた。こちらが坊主だから、信長も坊主を出したのだろうか。

恵瓊はちょっと戸惑ったが、これがなかなかの策士だとは、あとで分った。もう一人出た男は、まださほど高い地位ではなさそうな部将だったが、木下藤吉郎と名乗った。

「信長公は、公方を殺しますか？」

恵瓊がきくと、日乗は大きな頭を振った。

「いや、それはしないでしょう」

日乗は、厚い唇から唾《つば》を吐いて言った。そうだろう、と恵瓊はうなずいた。信長がどんなに義昭を憎んでも、殺しはしない。いや、できない。それをしたら、信長は天下に名分を失う。信長は、今や尾張《おわり》の一介の武辺ではない。

そうなると、義昭は当然に毛利を頼ってくるに違いない。輝元は、それを嫌がっている。彼の肚《はら》は信長との激突を避けたいと望んでいるから、義昭に来られては困るのだ。信長と義昭との調停が空しいものとなった今は、恵瓊の努力は、義昭回避に向けられた。

「公方が毛利の方に来られるのは困るのです。これは織田、毛利両家のためにも面白くない。何とか計って頂きたいですな」

恵瓊の言葉をきいて、日乗は腹を揺すって笑った。よろしいと引き受けた。

このときの木下藤吉郎は、始終、日乗に控え目な態度をとっていた。それは日乗が信長の信寵《しんちょう》を一身に受けていたからだった。しかし、眼だけを笑わせている才智ありげなこの将校は、恵瓊の印象に濃い影を落した。

捕われた義昭を、宇治から河内《かわち》の若江《わかえ》に護送して行ったのは、藤吉郎であった。

「手前からも公方に、くれぐれも申上げて含めておきました。まず大丈夫と思います」

帰洛《きらく》した藤吉郎から、まだ滞京している恵瓊のもとに、使者をもってそういう挨拶《あいさつ》があった。行き届いたことである。

恵瓊は、木下藤吉郎という人物を研究した。無論、計算あってのことだった。漠然だったが、将来、自分の人生に再び出会う重要な男と思ったからである。

彼は藤吉郎評を、輝元の重臣佐世元嘉《させもとよし》に宛てて書信した。

「信長の代、五年三年は持たるべく候。明年あたりは公家などにならるべく候かと見及び候、さ候て後、高ころびにあおのけにころばされ候ずると見え申し候。藤吉郎、さりとてはの者にて候」

三

恵瓊が、木下藤吉郎に再会したのは、それから十年の歳月の後だった。彼は羽柴筑前守《はしばちくぜんのかみ》秀吉と名乗って、信長の中国方面軍の司令官となり、摂津《せっつ》、播磨《はりま》、備前《びぜん》を靡《なび》かせて、備中《びっちゅう》の毛利領に逼《せま》っていた。

天正十年五月、秀吉は折からの雨期を利用して高松城を水攻めにしていた。堰堤《せきてい》をつくり、川を切り落して湖水をつくった。高松城は水嵩《みずかさ》の増す毎に水の中にずり下るように呑《の》まれていた。

その前年の秋、山陰の鳥取城を落されて秀吉の手なみを知った毛利では、山陽守備の小早川隆景はもとより、山陰からも吉川元春が馳《は》せ参じ、輝元自身も吉田から出張して高松城救援に赴いた。しかし、目前に見る氾濫《はんらん》した河川を渡ることができない。泥水に沈む高松城を傍観するばかりだった。

恵瓊は、秀吉の成長に驚いた。彼の秀吉研究は、芸州にあっても絶えず続けられていたのだが、二段を一足ずつの速度で上るような累進には眼をみはっていた。あの時、少々、横柄だった朝山日乗は、いつか活動面から姿を消して、謙虚だった秀吉だけが、ひとりで大股《おおまた》に前方を歩いていた。

輝元は、元春、隆景と連日協議した。高松城はとても救える見込みがない。のみならず、秀吉の援軍として信長自身が大軍を率いて西下する情報が伝えられ、すでに安土《あづち》を発《た》ったとの報が入っていた。ここに信長が来れば、敗軍は必定である。今のうちに講和するほかはない。その意見は一致したが、問題は、その条件であった。

「安国寺、その方の考えはどうか?」

輝元は訊《き》いた。

「左様ですな。備中、備後《びんご》、美作《みまさか》、因幡《いなば》、伯耆《ほうき》、この五ヵ国は、差し出すほかないでしょう」

恵瓊の返事をきいて、輝元は眼をむいた。

「それは、あまり犠牲が大きすぎる。織田との争いは因幡であった。因幡、伯耆の二ヵ国をやればよいではないか？」

「いや、何年か前の信長なら、それで納ったかも知れませんが、今の信長は承知しないと思います。たとえ五ヵ国を与えても、ご当家にはまだ五ヵ国が残っております。万一、御武運がなかった節は、すべてを喪《うしな》うことになります。ここは屈しても五ヵ国を割き、残りの領国によって力を養い、他日の根拠となされた方がよろしきかと考えます」

恵瓊は、そんな風に説いた。これは正直に思ったままだった。いつも沈んだように寡黙な小早川隆景が、一番にその説に賛成した。つづいて、元春も口を合せた。

「それでは」

と、輝元もとうとう諦《あきら》めた。

「その方が秀吉のところに行って、かけ合ってくれるか？」

「委細、お請《う》けいたします」

恵瓊は、むしろよろこんで言った。この任務は自分より他にない。他人が当てられても、強奪したいくらいの役目だった。

恵瓊は、毛利の使者として秀吉の陣に赴いた。

秀吉はすぐに会った。十年前に恵瓊が見た秀吉とは、かなり年齢《とし》とった男になっていた。眼のふちには小皺《こじわ》が寄っていた。が、顴骨《かんこつ》の高い顔には、疲れの代りに、脂の乗り切った精悍《せいかん》さが溢《あふ》れていた。

秀吉は恵瓊を覚えてくれていた。久し振りだといって、にこにこした。それからまず茶を飲もう、と言うと、野陣の一隅で自分からお点前《てまえ》した。茶を点《た》てることは、信長から見習ったらしい。余裕のある秀吉の様子には、もはや、一級の武人としての貫《かん》禄《ろく》が充分についていた。

秀吉は、その場にひとりの男をよんだ。

「小寺官兵衛という男だ。万事、こいつと相談してくれ」

秀吉は、言い残して、さっさとその席を立ち去った。背の低い、小さな男だが、その後姿の肩幅はあたりを圧するように大きく恵瓊には見えた。秀吉の十年間の見違えるような成長であった。

恵瓊は、小寺官兵衛と折衝をつづけた。この男もなかなかの策略家のようだった。毛利が因、伯二国を差し出すといっても、もとより承知しなかった。五ヵ国を出すと譲っても、いい顔をしなかった。

交渉は三回も四回も行われたが、一向にはかどらなかった。

秀吉は、清水長左衛門の首が欲しいのかも知れない——恵瓊は、そう感じ取った。

恵瓊が輝元にそのことを言うと、

「清水を！」

といって、輝元は恚《いか》りを見せた。五ヵ国を割いても、まだ高松城主、清水長左衛門の生命を奪おうとする秀吉の無体《むたい》さを怒っていた。

折衝はつづいたが、相変らず、暗礁であった。交渉の一点は、清水の首に絞られた。秀吉の方は、はっきりそれを要求してきた。輝元は承服しない。恵瓊は、両方の間を何度も往復した。

恵瓊は、その駆け引きの中に入っているうちに、だんだん不思議な心理になってきた。何となく秀吉の方に肩をもちたい気持になったのである。それは自分の意識にも上らないくらいなものだったが、気づいてみると、毛利よりも秀吉の方に、ずっと心理が傾斜していた。

だから、何度目かに秀吉の陣に行って、いよいよ清水に腹を切らせることを承知したとき、彼の胸には、輝元を裏切ったような後めたい翳《かざし》が、微《かす》かに射したのである。

四

恵瓊が、清水長左衛門宗治《むねはる》に死を勧めるために、高松城に入ったのは、六月三日である。

長左衛門は長い籠城《ろうじょう》で窶《やつ》れ切った顔をしていた。恵瓊は、彼に向って説いた。信長の大軍が間もなく来ること、毛利家のために和議は早急にしなければならぬこと、それには貴殿の死が必要であることなどである。

長左衛門は笑った。

「安国寺どの。これを見られよ」

と、傍を指した。部屋の隅には、真新しい白木の棺《ひつぎ》があった。長左衛門はこの高松城には、途中から交替して守将となった男である。彼は入城の際、すでに死を覚悟して棺を携えて来ていた。

「長の籠城で皆も疲れている。われらの一死で皆も助かり、毛利家も安泰となるなら、こんな仕合せなことはありませぬ。まことに果報な死場所を頂きましたな」

恵瓊は、晴々と笑っている長左衛門の顔から眼を逸らした。長左衛門の死はぎりぎりの最後の点で、どうにもならないことである。だれが来ても、こうなるのだ。そうは思いながら、恵瓊の心には、やはり多少の後めたさは去らなかった。公平を失った手落ちをどこかでやったような、贔屓《ひいき》をしてはならぬものへ、贔屓《ひいき》をしたような錯覚だった。

「明日、午《うま》の刻（午前十二時）に切腹いたします」

長左衛門は明るい声でそう言い、自刃の場所は、織田、毛利両軍の見ている前で、水上に小舟を出し、その上で決行したいと言い添えた。

恵瓊は、帰って輝元に言うと、輝元も、長左衛門が自らそういう以上、止むを得ない、と暗い顔でうなずいた。

明くる四日の巳《み》の刻（午前十時）、輝元、元春、隆景は西岸に待った。向う岸には秀吉の軍勢がならんでいる。何万という顔が、白い粒のようにこちらを向いていた。敵も味方も、折から高松城から漕《こ》ぎ出た一艘《そう》の黒い小舟に眼を集めていた。

低い灰色の雲が垂れて、小さい湖水のような水面は、鈍色《にびいろ》ににぶく光っていた。遠くの山の方では雨が降っているらしく、空には縞《しま》模様が立っていた。

見ると、小舟は、両軍のちょうど真ん中にあたる位置で停った。中に、四人の人影があったが、中央に坐《すわ》っているのが、清水長左衛門らしかった。

そのとき、秀吉の陣から一艘の小舟が走るように漕ぎ出た。三人の人物が乗っていたが、あとで知れたことだが、これが検使の堀尾茂助の一行だった。

検使の舟は、停っている舟の横に吸いつくように添った。検使は長左衛門に何か言っているようだったが、話し声までは届かない。まもなく、検使は舟に積んだものを移すと、退《すさ》るように舟を五、六間離れさせた。

長左衛門の舟は、かすかに揺れていた。その中で四人が相談でもするように寄り合った。が、それは、今、検使から贈られた酒樽《さかだる》を開いて、最後の酒宴をしているのだと分った。

輝元の傍からこの光景を見ている恵瓊には、随分、長い時間の経過のように思われた。やがて、舟からは謡う声が聴えはじめた。それはすぐにあとの三人の同音の謡となった。

その合唱も、恵瓊には、たいそう長いことのように思われた。早く彼らの死が来なければやり切れない、動悸《どうき》が打って、じっとしておられない、息苦しいほど緊迫した苛立《いらだ》たしさであった。

謡の文句は、はっきりときこえた。それは誓願寺《せいがんじ》の曲舞《くせまい》だった。謡は終りに近づいていることが分った。しかし、長かった。

やっと謡が終ると、再び水面《みなも》に静寂がかえった。両岸に、何万という人間がひしめいているのだが、声を呑《の》んで、嘘のように静かだった。動いているのは、白い旗や指物《さしもの》だけであった。

やがて、中央の長左衛門の影が、こちらに向って一礼した。このとき、薄い陽が射して水面を薙《な》いだ。水が眩《まぶ》しくなって、そのため一層、長左衛門の姿が黒くなった。その黒い影は、見ている前で急に崩れた。——

声にならぬ喚声が、俄《にわ》かに恵瓊の耳を衝《う》った。和議がその瞬間に成立したのである。長左衛門の見事な自決は、敵味方とも賞《ほ》めぬものはなかった。その賞讃《しょうさん》は、時日とともに、次第に高くなっていった。

恵瓊は興奮した。長左衛門に死をすすめたことが、天晴《あっぱ》れな事業を仕遂げたように心理が変化してきた。おれがそれをさせたのだ、という自負になったから妙だった。もう微塵《みじん》も懐疑はなかった。

自負は、——つまり、恵瓊が、一流の武人に成り上ったという自らの意識だった。長左衛門の首をとらせ、両軍の和睦《わぼく》を成立させた仕事は、だれが考えても平凡な人間のできることではない。人々は、おれをどう見ているであろう。安国寺恵瓊という名が、一度に、世間に出たと思った。彼は満足した。

これから、おれはどんどん出られると思った。秀吉と毛利とに両足をかけて、大股《おおまた》に歩くのである。恵瓊は己の未来の幻像に陶酔した。

彼は、袈裟《けさ》をはずした。意識だけは、すでに桑門《そうもん》の人間ではなく、調略を好む武人であった。

五

それからの恵瓊は、秀吉と毛利の間を踏まえて伸びて行った。はじめは、曲芸のようなものだったが、それは可能なのである。輝元は恵瓊によって秀吉の仕置をわが利になるように引込もうとし、秀吉は恵瓊によって輝元を操縦しようとしたのだ。恵瓊は、この二人の心理の上に巧妙に立った。その限りでは、彼は天性の曲者《くせもの》であった。

講和では、秀吉のために毛利が謀られたのだ。本能寺における信長の死は、その前日の三日に秀吉のもとに報《し》らされていたのであった。秀吉はそれを匿《かく》して、毛利に五ヵ国と清水長左衛門を犠牲にさせた。毛利は欺かれたことになった。

「この上は、五ヵ国を割いて秀吉に与える要はない」

といったのは、吉川元春であった。条約は信長との間で、取り決められたのだ。秀吉はただの信長の代理人に過ぎなかったではないか。信長の死んだ今、その約束を守って、秀吉におめおめ渡すことはない、というのである。

理屈であった。もっともなことだと、毛利の家中には、この理論を支持する者が多かった。元春は、一番の強硬論者だった。隆景は自重して多くを言わない。おとなしい輝元は、動揺していた。

恵瓊は京都に来ていた。彼は毛利の出先の外交官だった。

「どうも、毛利が約束を渋るようだな」

と秀吉は、浮かぬ顔をして恵瓊に言った。

「よろしゅうございます。わたしが何とかまとめます」

彼は、請け合って答えた。こうなると、どちらの側についているのか分らなかった。

彼は、輝元の重臣に書信して諭《さと》した。

「毛利家では、五ヵ国の割譲のことで愚図ついているようだが、もってのほかのことである。秀吉は昔の秀吉ではない。中央の情勢は、わたしが一番よく知っている。天下にわたしほど事情を心得ている者はないと思うくらいだ。お国者はとかく見聞がせまくて困る。万事は、わたしの申す通りになされたら、間違いはない。ただ、一部の意見を押えるために、備中だけ半国で済むよう骨を折ってみよう」

おれほど情勢に明るい者はいない、というのは、堂々たる自信の宣言だった。田舎者は仕方がないな、という軽蔑《けいべつ》の心がある。中央にいて、一流人と交わり、秀吉からも眼をかけられているという優越心もある。

おれの眼の確かさは自慢していい、と彼は思った。

「信長は、高ころびにあおのけにころばされ候ずると見え申し候。藤吉郎、さりとてはの者にて候」

と、報じたのは、十年前ではなかったか。一介の将校に過ぎなかった当時の秀吉を、そのような眼で買ったものが、はたして何人いたかである。直感は、神秘に当った。信長は不慮の死を遂げた。まさに、文字通りに、高転《たかころ》びに、あおのけに転倒したのだ。ただ者でないと睨《にら》んだ藤吉郎は、びっくりするくらいに大きくなった。当初の思惑以上に、秀吉は巨大になり過ぎた。——

満足そうに、そのような陶酔に耽《ひた》っている恵瓊の心は、とうから完全に秀吉に打込んでいたといえる。

秀吉は、関白となった。

恵瓊は、秀吉から重宝がられた。四国征伐に毛利をたやすく使えたのも、恵瓊の弁舌が毛利をそこまで引きずったと見たようである。彼に伊予《いよ》二万三千石を与えたのは、その功労の褒賞である。

恵瓊は大名になった。

「おれも、とうとうここまで来たか」

と思うと、ひとりでに笑いがこみ上ってくる。しかし、まだ満足の頂上ではなかった。もっと上れる実力が、自分にはある、と彼は信じた。

恵瓊は秀吉の前に出ると、その達弁にものをいわせて喋《しゃべ》りまくった。仏典には通じている。勉強はしておくものだ。若いときの学問に身を入れた苦労が、このようなときに生きてくる。単に儒仏のことだけではない。軍事のことも能弁だった。これは目下の本業だから、唾《つば》をとばして話した。直感には自信がある。些細《ささい》なことは知らなくても、大局に判断があれば事は足りる。独断を心配することはない。——

秀吉は面白そうに聴いた。退屈なときの話相手として、彼を一種の幇間《ほうかん》とみていたのかも知れなかった。

しかし、他の大名たちは、秀吉に親密な恵瓊をたよった。秀吉への頼みごとは、恵瓊に通じるのが一番だと思うようになった。恵瓊はせり上った。いつか十二万石の知《ち》行《ぎょう》となった。大名たちは彼の息を窺《うかが》った。

恵瓊の生活は贅沢《ぜいたく》になった。何でもできるのだ。行列の壮麗は人目を驚かせた。寺院の建立には、朝鮮から巨材を引かせて、輪奐《りんかん》を飾った。美しい女人を、数が知れぬほど持った。彼の眼からすると、名の聞えた武将たちも、まことに阿呆《あほ》くさい人間に見えて仕方がなかった。

「これ位では満足せぬぞ。おれは当代一流の武人だ。もっと上に行ける。その力を持っている」

恵瓊の夢は涯《はて》しがなかった。野史が彼を「最も干戈《かんか》を好み、三軍の魁帥《かいすい》たらんと欲す」といっているのは、まんざら、当て推量ではない。

六

恵瓊の空《くう》に描いた虚像が、一瞬に掻《か》き消えたのは、それから僅《わず》か二年後の関ヶ原の役であった。

彼は、毛利輝元を西軍に引張り込むことには成功した。それは彼が今まで、秀吉につきながらも、片足を毛利に踏まえてきたお蔭《かげ》であった。輝元は善良だが、強い性格の持主ではない。恵瓊の誘惑を拒み切れなかった。

恵瓊は、関ヶ原では、南宮山麓《さんろく》に陣を構えた。南宮山は兵を使うには、少々高すぎる山だが、ここには毛利秀元と吉川広家《ひろいえ》がいた。

恵瓊の眼前には、日本中の大大名になっている自分の姿が描かれていた。それは折柄、慶長《けいちょう》五年九月十五日の朝霧が張った乳色の膜に、影像されたものだった。己は二千の軍勢の先頭に立っていた。この朝霧の立ちこめた渓間《たにま》渓間の底には、東西両軍合せて十四、五万の兵がひしめいていた。

恵瓊は、かすかな胴慄《どうぶる》いを感じた。身体の慄えは、前夜半からそぼ降ってきた秋の雨の冷たさばかりではなさそうだった。

霧は辰《たつ》の刻(午前八時)をすぎるころから、少しずつ霽《は》れ上った。黒い山裾《やますそ》を霧は煙のように匍《は》って流れる。戦闘が同時に起ったが、恵瓊の陣では、喚声と貝の音を遠くで聞くだけであった。

南宮山の毛利秀元も、吉川広家も、動かない。何万という軍隊が、山の上で戦争を傍観していた。前を塞《ふさ》いでいる長束正家《なつかまさいえ》の兵も一向に進みそうになかった。恵瓊は、何故、これらの軍勢が前進しないのか不審に思うよりも、それを肯定したくなった。出たら危い、このまま、じっとしていた方が身の為かもしれない、という打算が瞬時に心に起った。彼は相変らず胴慄いをつづけながら、この不合理な打算をつづけていた。

霧は、すっかり晴れ上った。が、小雨は昏《くら》い空から降りつづいていた。その沈んだような鈍い光線の風景の中に、遠くで金扇の旗印が、無数の白い旗に囲まれながら通ってゆくのが見えた。紛れもなく、家康の通過であった。前日までは、東国にいるとばかり西軍に思われていた家康の姿であった。

恵瓊は、恐怖がこみ上ってきた。家康がこれほど恐ろしく思われたことはなかった。ふだん見なれている、自分には愛想のよい、ふくよかな家康の顔が、羅刹《らせつ》の形相よりも怖ろしく感ぜられた。胴慄いはさらに激しくなり、奥歯がかちかちと鳴った。

物見が走り帰ってきて、西軍の敗報を伝えたとき、彼の恐怖は、彼の生涯に決定的な行動をとらせた。彼は、ろくろく下知《げち》もせずに奔《はし》り出したのである。彼の軍隊の間に混乱が渦のように起った。知ったことではなかった。

恵瓊は馬に鞭《むち》を入れながら、西の方に逃げた。至るところで敗走兵が走っていた。どの顔も眼を吊《つ》って、蒼《あお》くなっていた。恵瓊の馬は、彼らとぶっつかりながら、夢中に走った。

恵瓊は一切を失った。たった一日でこんなことになった。どうにも合点のゆかない気持だった。どこかでたいそうな手落ちをしたらしい。彼はまだ自分の直感を信じていたが、それを裏切る大きなものが、この世に魔のようにいることを知った。

一枚の札の表を出すか、裏を出すか、たったそれだけの間違いをしたあとの気持に似ていた。単純な、それだけの錯誤で、死に追いかけられていることが奇妙でならなかった。

しかし、死ぬことは怖ろしかった。彼は逃げた。山つづきに朽木谷《くちきだに》から小原を経て、鞍馬《くらま》の月照院《げっしょういん》をたよって匿《かく》れた。五、六十人くらいついてきた家来たちも、金銀を奪い取って逃げ散り、僅か五、六人になっていた。

月照院には十何日ひそんでいたが、探索が厳しいので、乗物にかくれて京都に逃れ出た。一寺院にひそんでいたが、危くなったので、本願寺をたよるため、輿《こし》に乗って脱走するところを、所司代の捕吏の向うところとなった。

輿を舁《かつ》いでいた者は、捕吏の姿を見て、仰天して、放り出して逃走した。恵瓊の近侍で、平井藤九郎と長坂長七郎という寵童《ちょうどう》がある。二人は投げ出された輿をかついで逃げて、東寺《とうじ》に走り込んだ。

「もはや、ご運もこれまでです。敵の手にかかるよりも、われらにて介錯《かいしゃく》いたします」

平井と長坂は、交々《こもごも》言った。

「そうか」

恵瓊は観念した。なるほど、おれは武人であった。死のう、と思った。が、身体はがたがたと震えて止まなかった。かれは沢山な人の死をこれまで見てきた。清水長左衛門に死を勧めたのも彼だった。が、その死が己に廻《まわ》ってくると、死がこのように恐ろしいものとは知らなかった。

「お腹を」

と、長坂が言ったが、そんなことをいう日ごろの愛童が敵にみえた。とてもわが腹に刃を突き立てる勇気はなかった。

「首を打て」

と、恵瓊は切羽つまって言った。自分で頸《くび》を前に伸ばしたが、錯乱して、あたりが物の判別がつかない位にぼやけ、わけのわからぬものが忙しく廻っているように見えた。

二人の若者が刀を構えた気配だけは鋭敏に知った。

「御免」

と声が聞えた。太刀が風を切って下ろされた。間髪を入れず、恵瓊は夢中で首を引込めた。全く、一秒の何分《の》の一かの時間に間に合って、彼の首は助かった。刀の切先《きっさき》は、恵瓊の縮めた首を逃がし、頬にかすり疵《きず》を負わせただけで済んだ。頭上の太刀の落下を瞬時に知って、首を庇《かば》う。彼が生涯の直感を誇るなら、それが最後だった。世人は、介錯の太刀の寸前で首を引込めるなど、前代未聞の臆病者《おくびょうもの》であると嘲笑《ちょうしょう》した。恵瓊が六条河原で、石田三成《みつなり》らとともに斬られたのは、周知の通りである。その時も首を縮めたかどうかは伝っていない。

解説

郷原宏

松本清張が作家としてデビューしたころ、人々はその一風変わった名前（本来の読みはキヨハル）を、いかにも時代物の作家らしいペンネームだと思い込んでいた。清張は昭和二十八年（一九五三）に「或る『小倉日記』伝」で芥川賞を受賞したあと、「梟示抄」「啾々吟」「戦国権謀」「行雲の涯て」（「三位入道」に改題）「英雄愚心」など、もっぱら時代小説の短篇を書いていたからである。

その後は推理小説、ノンフィクション、古代史などに軸足を移したが、それでも時代小説だけは中断することなく書きつづけた。デビュー作「西郷札」も時代小説なら、絶筆となった「江戸綺談　甲州霊嶽党」も時代小説である。その意味で、清張の作家としての本領は時代小説にあったといってもいいかもしれない。

清張と時代小説の因縁は深い。清張が通った小倉市立板櫃《いたびつ》尋常高等小学校の高等科に、ユニークな歴史教師がいた。授業はいつも講談調で、教科書には簡略にしか触れられていない戦国時代の合戦の話を、エピソードを交えながら面白おかしく語って聞かせた。しかも、あとで調べてみると、それは史実とぴったり符合していた。清張の父峯太郎も講談が好きだった。幼年時代の清張は、この父が語る賤ヶ岳《しずがたけ》の合戦のくだりなどを、子守唄《こもりうた》がわりに聞いて育った。《冬の夜、足を炬燵《こたつ》に突っ込んで父の手枕で聞く太閤記などがどれぐらい面白かったか分らない》(『半生の記』、以下同)と、その至福の時を回想している。

こうして講談や時代物の面白さを知った清張は、やがて読書にのめりこむ。家が貧しかったので、本はもっぱら貸本屋で借りるか、古本屋で立ち読みをした。高等科時代に特に愛読したのは立川《たつかわ》文庫で、猿飛佐助、霧隠才蔵、岩見重太郎といった英雄豪傑の活躍に胸をおどらせた。

高等科を卒業して川北電気の小倉出張所に給仕として勤めはじめたころは、芥川龍之介と菊池寛の短篇を愛読した。銀行などへ使いにやらされるときは、必ず本を携行した。だから《なるべく長く待たされるのを望んだ》という。

十七、八歳のころには、小倉市立図書館に通いつめて新潮社版の世界文学全集を読破し、漱石、鷗外、鏡花らの作品に親しんだ。しかし、当時全盛をきわめた自然主義文学や私小説は、どうしても好きになれなかった。田山花袋や正宗白鳥は退屈で読むに堪《た》えず、志賀直哉の『暗夜行路』はどこがいいのかさっぱりわからなかった。《どうも私小説作家のものは私の好みに合わなかったと思う（略）そのころの私は、小説にはやはり小説らしいものを求めていたようである》

清張はまた別のところで《小説は面白くなければ小説じゃない》とも語っている。こうした反私小説的な文学観が、この時期の旺盛《おうせい》な読書によって培われたことはいうまでもないが、私はそこに幼少年期の講談体験、立川文庫体験が影響しているような気がしてならない。戦国武将や英雄豪傑の活躍に胸をおどらせながら育った清張にとって、《あるがままのものをあるがまま書く》私小説が退屈で読むに堪えなかったのは当然である。

清張はこのころから八幡製鉄所や東洋陶器に勤める文学青年たちと交際し、雑誌「新青年」で内外の探偵小説を愛読した。文学サークルに属して芥川龍之介ばりの短篇を書いたこともある。

昭和四年（一九二九）三月、アカ（共産主義者）狩りに引っかかって小倉警察署に検挙され、特高刑事の取り調べを受けた。八幡製鉄所の文学仲間が「戦旗」や「文芸戦線」を購読していたためである。結局証拠は見つからず、三週間ほどで釈放されたが、家に帰ってみると、蔵書はすべて父の手で焼却されていた。

この事件をきっかけに、清張はみずから文学への夢を封印する。そして二十年間、印刷所の版下画工や朝日新聞西部本社広告部の下級社員として一家八人の生活を支えた。菊池寛に《文芸は実人生の地理歴史である》という名言があるが、清張はそれを下積みの労働者として実体験したことになる。もしこの生活者としての二十年がなければ、清張はあるいは芥川龍之介のつまらぬエピゴーネン（模倣者）として終わっていたかもしれない。

清張がこの封印を解いたのは、昭和二十五年（一九五〇）、四十一歳のときである。この年、「週刊朝日」の懸賞募集に「西郷札」を投じて三等に入選し、これが翌二十六年上半期の直木賞候補になって大佛次郎、木々高太郎らの知遇を得た。さらに翌二十七年に木々高太郎のすすめで「三田文学」に発表した「或る『小倉日記』伝」が第二十八回芥川賞を受賞し、清張は四十三歳で文壇にデビューした。長らく封印されていた文学への夢が実人生の風雪をくぐりぬけて見事に開花したのである。

「或る『小倉日記』伝」は、初めは直木賞にノミネートされていた。ところが選考委員の小島政二郎と永井龍男が「この作品には芥川賞がふさわしい」と主張して、芥川賞の選考委員会に回付された。当時は直木賞のほうがひと足早く発表されたので、清張は落選したものと思って落胆していたが、あとで芥川賞受賞を知らされて、狐に鼻をつまれたような気がしたという。

しかし、芥川賞選考委員の坂口安吾は、この作品に推理小説の臭いを嗅《か》ぎつけていた。安吾の選評にこういう一節がある。

《小倉日記の追跡だからこのように静寂で感傷的だけれども、この文章は実は殺人事件をも追跡しうる自在な力があり、その時はまたこれと趣きが変りながらも同じように達意巧妙に行き届いた仕上げの出来る作者であると思った》

つまり安吾は、清張がいずれ推理小説を書き出すことを予言していたのである。

こうして見てくればわかるように、清張はやはり私小説の流れを汲《く》む純文学系の作家ではなく、《小説は面白くなければ小説じゃない》と信じる直木賞系の作家だった。そしてその小説観の根底には、幼少年期の講談や軍記物の体験があった。とすれば、清張の作家的本領は時代小説にあったという私の言い分も、まんざら的はずれではなかったことになる。

清張の時代小説の特長は、史料調べが行き届いていて、時代考証が正確だということである。最近の時代小説には、江戸城大奥の女中が勝手に城外へ買い物に出かけたり、江戸時代にはなかった橋が隅田川にかかっていたりするなど、史実にもとるデタラメがまかり通っているが、清張作品に関する限り、その心配はまったくない。

さりとて、史実に忠実なだけが取柄といった退屈な作品はひとつもない。いずれの作品も、いわゆる虚実皮膜の間に魅力的な登場人物が躍動して寸時も読者を飽きさせない、面白くてしかもタメになる第一級の時代読物に仕上がっている。

なかでも私のおすすめは短篇小説である。もちろん、長篇にもいい作品はたくさんあるが、新聞や雑誌の連載物は毎回小さなヤマ場を設定する関係でお話に寄り道が多く、通して読むとやや一貫性に欠ける憾《うら》みがある。そこへいくと、一気に書き上げられた短篇は、お話の首尾が一貫していて、小説としての完成度も高い。推理小説もそうだが、時代小説の場合は特に、清張は本質的に短篇作家であり、同時代に類を見ない短篇の名手だったということができる。

清張が短篇時代小説の名手だったことを証明するために、私たちは多くの証拠を必要としない。本書『夜の足音』を精読するだけで十分である。ここには清張が昭和三十年代に書いた選《え》りすぐりの短篇が収められている。これを読めば、清張がいかに時代小説を愛し、いかに楽しみながら書いていたかが、おのずから感得されるだろう。

表題作「夜の足音」は〈無宿人別帳〉の第六話として「オール讀物」の昭和三十三年（一九五八）二月号に発表された。岡っ引きから奇妙な仕事を持ちかけられた無宿人が、何も知らずに隠退した奉行の回春のお手伝いをさせられていたという、笑うに笑えない艶笑譚《えんしょうたん》の快作である。この悲喜劇のもとが奉行、岡っ引き、無宿人という絶対的な身分関係にあったことはいうまでもない。

「噂始末」は、このなかでは最も早く「キング」の昭和三十年（一九五五）五月号に掲載された。藩内の噂に振り回されて自滅する武士の一念を描いた仇討《あだう》ち物の秀作である。こういう窮地に追い込まれた男の意地を描くとき、清張の筆はひときわ精彩を放つ。

「三人の留守居役」は〈彩色江戸切絵図〉シリーズの第四話として「オール讀物」昭和三十九年（一九六四）七～八月号に連載された。留守居役に化けた三人の男たちが芸者衆を欺《だま》して髪飾りや座敷着を盗むまでのコンゲームを捕物帳仕立てで読ませる傑作である。ちなみに、この事件を探索する神田松枝町の御用聞、惣兵衛は、シリーズ第一話「大黒屋」でも活躍する。

「破談変異」は「小説公園」昭和三十一年（一九五六）二月号に発表された。時代に取り残されていく旗本の意地を大名家の娘の縁談に託して描いた佳篇で、家格と役目と友情が彩《あや》なす人間関係の描き方に、清張ならではのリアリティがある。

「廃物」は「文藝」の昭和三十年（一九五五）十月号に発表された。「最後の三河武士」大久保彦左衛門の最期を死者自身に語らせるという異色の時代小説である。「おれのように槍先ひとつで生きてきた者は、この太平の世ではもはや廃物なのだ。おれは疲れた。ああ、眠い」という彦左衛門の独白は、数ある清張名セリフ中の白眉《はくび》といっていいだろう。

「背伸び」は昭和三十二年（一九五七）二月に「週刊朝日別冊／傑作時代小説集」に発表された。弁舌を武器に僧から大名に成り上がったものの、ついに武士にはなれなかった安国寺《あんこくじ》恵《え》瓊《けい》の生涯を、秀吉と対比して描いた戦国史伝の秀作である。

以上六篇、主題も形式もまちまちだが、いったん読み出したら最後、メシもトイレも忘れさせてしまう点で見事に一貫している。清張没して十七年。その作品は古びるどころか、ますます輝きを増しているように感じられる。

二〇〇九年三月

夜《よる》の足音《あしおと》
短篇《たんぺん》時代《じだい》小説選《しょうせつせん》
松本《まつもと》清張《せいちょう》

平成21年 3月25日　初版発行
令和7年 6月10日　14版発行

発行者●山下直久

発行●株式会社KADOKAWA
〒102-8177　東京都千代田区富士見2-13-3
電話　0570-002-301（ナビダイヤル）

角川文庫 15623

印刷所●株式会社KADOKAWA
製本所●株式会社KADOKAWA

表紙画●和田三造

ISBN978-4-04-122765-7　C0193

角川文庫発刊に際して

角川源義

第二次世界大戦の敗北は、軍事力の敗北であった以上に、私たちの若い文化力の敗退であった。私たちの文化が戦争に対して如何に無力であり、単なるあだ花に過ぎなかったかを、私たちは身を以て体験し痛感した。西洋近代文化の摂取にとって、明治以後八十年の歳月は決して短かすぎたとは言えない。にもかかわらず、近代文化の伝統を確立し、自由な批判と柔軟な良識に富む文化層として自らを形成することに私たちは失敗して来た。そしてこれは、各層への文化の普及滲透を任務とする出版人の責任でもあった。

一九四五年以来、私たちは再び振出しに戻り、第一歩から踏み出すことを余儀なくされた。これは大きな不幸ではあるが、反面、これまでの混沌・未熟・歪曲の中にあった我が国の文化に秩序と確たる基礎を齎らすためには絶好の機会でもある。角川書店は、このような祖国の文化的危機にあたり、微力をも顧みず再建の礎石たるべき抱負と決意とをもって出発したが、ここに創立以来の念願を果すべく角川文庫を発刊する。これまで刊行されたあらゆる全集叢書文庫類の長所と短所とを検討し、古今東西の不朽の典籍を、良心的編集のもとに、廉価に、そして書架にふさわしい美本として、多くのひとびとに提供しようとする。しかし私たちは徒らに百科全書的な知識のジレッタントを作ることを目的とせず、あくまで祖国の文化に秩序と再建への道を示し、この文庫を角川書店の栄ある事業として、今後永久に継続発展せしめ、学芸と教養との殿堂として大成せんことを期したい。多くの読書子の愛情ある忠言と支持とによって、この希望と抱負とを完遂せしめられんことを願う。

一九四九年五月三日